甘南诗经

葛峡峰 著

作家出版社

葛峡峰 ，男，汉族，1972 年 8 月生。中共党员，甘肃渭源人，现供职于临潭县公安局。一级警督。系中国公安文联会员、诗词协会理事。甘肃省作家协会会员。自 1993 年开始写作，作品散见于《诗刊》《文艺报》《星星》《飞天》《绿风》《北方文学》《诗潮》《中国文学》《山东诗人》《天津诗人》《散文诗》《甘肃文苑》《甘肃日报》等多家文学期报刊。作品入选《全国公安优秀作品大展》《甘肃诗人经典》《全国公安文学精选》《灿烂星河》《中国乡村诗选编》《中国百年诗人新诗精选》。获公安部网络诗歌人赛二等奖，第四届甘肃省黄河文学奖。公安部抗日战争暨反法西斯战争胜利 70 周年诗歌大赛三等奖，《格桑花》年度文学奖等。

目录

第三辑　亲人献诗

第四辑　警营记忆

第一辑

甘南大地

甘南大地

这里有磅礴的大河
因为柔弱具有善良的品质
我风尘仆仆归来
在沙地上涂鸦
在河水里净足
在凛冽的风里梳理灵魂

一轮落日不畏险峻
它在阿尼玛卿的群峰里逡巡
把时间的斑纹留给豹子
把深邃和孤独留给鹰
把星空和忧郁留给星空
把空旷和沧桑
交给说唱艺人呜咽的弦子

春分劫

春风带着春分
微雪奠祭一茎衰草，乱石
死于春天边缘的羊

墙角，沙砾石，滩涂
有春风和水会从干涸中醒来
寂寞的青蛙有亿万子孙

春风灿烂，活在光的接力赛中
人民活在农历的节气里
他们把毕生的力量和热情
专注扶养艰难的稻谷

春风欢快，它应该在天空、空气
梨、杏、坚硬的花椒树上
在蝴蝶斑斓的蝶衣上闪光

一条河谷空旷
童年，一条河的记忆
结满人类贪婪的蛛网

正午的东明山

登东明山，正面九百九十级台阶
陡峭，逼仄
几蓬沙棘，三座凉亭
牌楼上的鸽子，安静。雨水中梳理羽毛

下山的人是安静的
擦肩而过的气息属于青年
栈道旁沙棘花稚嫩，有幽幽的火焰
魁星阁飞檐上活着的风铃
摇曳着内心的清风

三束野刺玫，文庙的墙角热烈、芬芳
五座楼阁，百层梯田
践守诺言，相守节气
远方，远山复远山
敲钟人目送清风、白云
敲打钟声里淤积的伤寒

山花烂漫，山野盛年
山下街景，喧嚣、嘈杂
市井有自己的秩序

我只是，从山后返回人间

疲惫没有一丝减轻

油菜花

因为短暂，纤细，敏感
临卓两县
拥有众多叫花和草的姑娘
她们朴素，热烈，与劳动结缘
盛开大地
酿生活的蜜
绚烂令人忧伤
一曲"花儿"漫在心上，秋风渐起
孤独的山路蜿蜒
花和草又瘦了一回

乡村即景

真喜欢，这寂静的山谷
车前子开满马蹄
狼毒花微小，执着
拥有火种，满山遍野
豆荚怀孕，麦穗拔节
一条小溪，照亮田庄清澈的梦
一头牛静静地吃草
摇着尾巴，偶尔反刍岁月
一朵云慢悠悠地聚合
一场雨洗涤蝶衣的微尘
母亲走下山坡，走过泉水
衣襟上散发草木的香气
院落里，梨花，杏花
都是姐姐的姊妹
墙角下干净而温暖的蜂巢
酝酿着日子的甜蜜
真喜欢这青瓦，土坯墙上
剥落的红字
真喜欢泥土里辛勤的劳作
黄金般的收成
真喜欢一场薄雪
寂静的村庄

喜欢三只喜鹊，一群麻雀
绕着空地上鸡鸭的谷粒
向往袅袅升起的炊烟

去落日的辉煌里坐坐

亲爱的，多少年我已搁下笔
不再在信笺里
向你描述甘南的青草，蓝天，雨水
不再为你叙述
牛羊，收成和夜晚熄灭的灯火
我只在机械的键盘背后
敲击一些词语
安置惰性，放逐微不足道的生活

现在，我不再向你
晒与幸福无关的道具
拿起青涩的青春
向你叙述甘南，甘南
朴素的生活
油菜花是一轮巨大的落日
没有拥挤，抱怨

微雨的蝶衣是青春的朦胧
蜂群有干净的巢穴
它们的歌唱与喧嚣无关
刚好安放生活的甜蜜
夜晚明亮的萤火打着灯笼

我们骑着马，累了
歇息我们的帐篷

亲爱的，我要提笔给你写信
告诉你甘南的世界安静
我们在慢慢到达的旅途里
感觉不曾逝去的幸福

洮州夜雨

雨水如注，一场又一场
让山坡肩膀柔软
让谷物和野花，褪去光焰

干涸的河床有了丰盈的欲望
沉默心的女人，点燃炊烟，镜子里
有沉默的脸

牛羊是幸福的，去水草丰茂的故乡
岷县人务工的西门
斜藏沟羊粪的西门一片泥泞

七月，人们谦卑，愠怒，沉默
只有一群灰鸽子
在寺院的屋脊上
梳理湿漉漉的羽毛

西山坡

时间的兰花指，轻轻一弹，便掀翻九座大地的灯盏
斜对面的西山坡，大多时间静默，偶尔也峥嵘一下

其后阳光掠过河水。一片露珠轻吻花朵
蝴蝶嗅见清香，一匹马驹选择艰难地站起

西山坡下的小城，深居孤傲清冷的佛龛
白昼阳光晃眼，夜色里欲望影影绰绰，呼吸暧昧
青稞酒溢香。柏树枝涂满胭脂、豆蔻

其后一个人……吟诗，作画，凭水而立
画卷里乳香浮现的草原，苏鲁花开
少女卓玛掀开宝盒，月光像银子，洒落一地

天　空
——雨中和唐为民兄过草地

没有风吹，草们被水浸润
尘世无边无际
牛羊们从草原的丰茂里走出
如果是人，揣满感激
要说出被滋养，被关怀，被爱卑微的感动
云暗合，一半幸福，一半悲怆
是人类左右彼此关注的两个心房
宿满一分期待，两分怀念，七分悲悯
合起来刚刚好十分
我和你，亲人，朋友，远方之远的过客
都是天空的屋檐下行走的人
在雨中，柔软的心满怀喜悦
又莫名惆怅

恰盖寺

黄昏，一群山雀低低飞过草地
金顶的寺院显得灵动起来
白塔前的桑烟袅袅，有些散淡意味
在余晖尚未落尽之前
一群鸟儿，无数次温暖地往返于
巢与天空之间
鸟儿干净的羽毛即将划过微雨
牛羊像大地上散落的黑白珍珠
虔诚地护佑着秋日的光阴
而我，在恰盖山梁上行走
随道路颠簸，显得无助而孤单

甘南，福祉里的冶力关

夏日，背负岁月远行
一程山水里阳光足够明亮
一副行囊里有友谊、诗书和酒

就栖息冶力关吧，你看
将军足够逼真也足够威武
也有大胸怀，容人间烟火

野花也足够绚烂，容野蜂求爱
"花儿"也足够浪
容"六月六"漫花的青春少年

冶木河流过河滩，两岸柳树依依
蛙鸣鼓瑟，芦苇摇曳
夏夜的冶力关
有最明亮星星的萤火

步行街，少女擦亮玻璃，迎接阳光
邻家温暖的手掌
握着丰年最饱满的谷粒

茶马互市的洮州，马帮消失

复活的堡子、庙沟、关街
在今夜食人间的烟火里
见证璀璨的未来

冶木河

秋日，山林的活力
被五颜六色的树叶掩盖起来
山峦依然撑起它坚硬的骨骼
而将军山是慈祥的，我看到他
波澜不惊的面孔愈加清晰
冶木河依旧不急不缓，绕过突兀的石头
从容而自然，讲述光阴的故事

松　树

松树是静止的，松林让一阵风摇摆不定
岩石上的麋鹿、弓箭保持了平静的姿态

松针隐隐不安。阳光穿过流水的指缝
山坡倾斜，留下暗淡的阴影

一阵风吹来，冶木河水
张了张嘴，一副欲言又止的样子

鸟声拍打窗棂的庙花山

清晨，卸下昨夜的残酒，慵懒的夜
鸟鸣敲打窗棂，鸟儿不吝婉转的歌声
带我至曲径通幽的庙花山村

一片花海很美，荷兰菊、薰衣草、金黄的葵
甚至一片洋芋，也奉献出心灵的花

一面面旗旌安静，庙花山村安静
陪伴清风和明月打坐的亭子安静

白石山裸露白色的脊梁
冶海安静，有着群山的倒影，清澈的内心

冶海谣

1

我在冶海等你
鸟藏在树上婉转歌唱
树下陌生的游人行走
笑容生长

我在冶海等你
天蓝得只剩下蓝了
白云莅临山坡
狼毒花努力用火柴点燃爱情
远方的姑娘都带着梦想

我在冶海等你
水只剩下清澈
花海守望芬芳
远处的麦子熟了
正在收获汗滴
白石山有巍峨的身影
去年的雪，还洗涂陈年的暗疾

我在冶海等你
饮马泉畔，杨柳依依
池沟的水磨咀嚼着新麦
月光里我的新娘
我的女神，安静地劳作

2

满山遍野的狼毒花开了。红白相间的
花朵，无数欲望细小的诉说
风轻轻吹过。冶海蓝色的湖泊
多少梦想起航
多少星辰，安眠于此
谁的身体接近彼岸？
疼痛的汁液，蜷曲的呼吸
她被贱卖的王冠。又会被谁——珍藏

白桦林

去年我来的时候，白雪正覆盖着
你，头颅挺拔于冶木峡谷
清癯的容颜
照见一缕夕阳
山峦起伏
缄默的河水已不辨模样
只有星辰闪烁
也只有大地的忧郁被风吹拂，一次次擦亮

黄捻子栈道

我离开根须，剥掉衣裳
窸窸窣窣落下的叶子，不复青春
流水仍在歌唱
我用规整的排列
我与揳进身体的钉子相依为命
我在山峦间蜿蜒，不再呼吸
我用生命陈列着叫风景的人间

将军山

一季的纷繁即将散去
蚕豆的香味
燕麦的绿久久弥漫
山顶的雾岚若隐若现
躺着或站立，经历了太多的寒暑
内心又能泛起什么波澜
河水的唇日夜喧哗
天越来越冷
夜越来越长
蜂蝶一样的"花儿"
被山巅的白雪收藏

赤壁幽谷

大自然的调色板
永远被一支神笔不经意间描绘
天空在狭隘的山谷
瞬间变成一抹蓝色
只是搽上了清凉油
突然裸露的山岩
被裁成一座座屏风
或封神，或西游，或西厢
历史在这里演绎
万物在这里雕塑
天空盘旋着一只鹰
岩上俯瞰着两棵松
在这里行走
不知哪是梦境，哪是归途

诗人的聚会

秋天天空兀自高去，白云
还是那几朵
像年轻时我们带着多少憧憬和梦想
不过经历了太多的风的吹拂。聚聚散散
现在落下来，有些疲惫和黯淡
秋水仍然蜿蜒地流淌
经过了冶木峡谷的低吟浅唱
那么多高潮也要谢幕啊！
终将回到生活朴素的情节之中
现在河水要摆脱纷繁的倒影
回到清澈的河谷

我们不是采菊的隐者
依旧吃饭、谈天，讨论草木的青春
津津乐道，研读一本无关生活的书籍
闻听车马的嘶鸣
依旧在湖光山色的激湍里拍照
留下平平仄仄的诗行
还有一些潮湿、弯曲的倒影

山 居

与唐为民友相约居乡村，养性，思过，读书数日记录。

——题记

山中蛰居
第一日醒酒，拂尘，疗伤
呼吸草木和露水

第二日拜白石山为师，打造脊梁
面壁冶海，清澈心灵
陪清风、明月打坐

第三日读书，以唐诗和海子为邻
试着结识王维，孟浩然，苏学士，秦观
看风吹拂李清照的发髻、衣袂

第四日赏花，尝农家鸡黍
看旗帜里美食复活，饮菊花、玫瑰

第五日打开手机
天下大乱，微信圈
寻人，葛、唐二人痴，已失联人间数年

七 月

我爱这清风和明月
我爱这人类种植的黄金和马匹
四周的山峦又一次向我聚集
我爱这高原短暂的光明和温暖
祝福你们，高原上生活的鹰、羊群、旱獭
高原上经历风雪的青稞、格桑
请莫辜负一生的阳光和爱人
请呼吸这洁净的空气和清风

草地献词

略带冰凉的风吹过大地
吹过平静的河流和湖水
两岸的树木看见了
自己弯曲的倒影
面无表情的人
心怀忧伤，匆匆走过
在即将到来的春天
盛大的分娩隐含阵痛
天空中飘过一粒沙尘
尖锐的疼痛
我提笔给远方的情人写信
写下干净的粮食和雨水
写下蒲公英和向日葵灿烂的梦
写下属于土地的火焰和黄金
我要面对忧郁的天空
写下无尽绵延的爱

马

阳光掠过草地，草是温暖的
那匹吃草的马
就显得格外温暖
不远处，拉不楞寺辉煌的金顶
赭红色的墙壁
也瞬间，变得温暖
我坐在桑科草地上
看着鹰，在雪山和草地，上空盘旋
汲水的藏女
走过一汪明亮的清泉
钟声响过，我相信
自己就是打坐的僧人
从白天到黑夜，从前世
到今生
从天空一直到草地

我的草原

多年前，海子徒步穿过戈壁
我记住了德令哈
还有深情的姐姐
爱情可以疼痛，可以刻骨铭心，可以美好
多年后，我去了甘南草原
遭遇了寒风，寒风中
摇曳的月亮，又高又大
三个扶着酒瓶，喃喃自语的藏人
唱着古老的歌谣
我也情不自禁，走进
一个叫金坐标的酒馆
与一个羊皮贩子讨论
牛羊的收成
与一位丧偶的中年妇女，探讨爱情
与老板扎西喝着啤酒
后来吼着郑钧的歌，想去拉萨
多年后，想起草原
想起那一夜墙壁上
女郎妖冶而妩媚
那一夜的味道含混而遥远

想起草原

现在，想起你
和一片叫玛曲的草原
歌声被风声覆盖
脚印被白雪收藏
我们一起在首曲的大桥上
看过的日出，确实很美

你吟诵过，关于草原的诗篇
现在宁静地休息
我们远眺仰望的
阿尼玛卿雪山
依然雄壮美丽
由远及近，格萨尔王的弹唱
还在马背上驰骋

现在，我在电脑前敲击文字
给你写信
时光像一位慈祥的祖父
数落我的堕落
我依旧怀念我们
居住的帐篷
和四周开满格桑的草地

现在草原空空如也
格桑花凋零，少女出嫁
歌声被诵经的声音
收藏寺院
帐篷被牦牛驮走
只有呼啸的风
和盘旋的鹰
给昨天精心地插图

洮州古城堡

蟋蟀和衰草
与明洪武年间无关
它们栖身夏天
欢乐着我童年的梦境
那些烽燧和城墙、石碑
继续接收岁月的垂询
那些江南服饰，兰花调
年年岁岁，鲜活、生动
就行走在洮州汲水的路上

雪落下来

雪落下来，在暗夜，悄无声息。
清晨，第一行脚印是谁的匆忙而凌乱。
一位虔诚的礼拜者？一位重利的商贾？一个盗贼，
抑或一个偷情的汉子？

无须冥想，阳光是隐晦的智者，不会急着让这一切大白
　　于天下。
雪那么白，如洁白的瓷器，感性而易碎。
雪轻如鸿毛。一路漫无边际，如天空赶下来的羊群。
浩浩汤汤，现在安静地生活在人间的羊圈里。

雪落下来，像一场阴谋已经实现。万籁俱寂。
山岗安静，不愿诉说，河水蜿蜒，兀自在冰面下流淌。
颜色鲜艳的雉鸡，梦想着一场豪华而急促的婚礼。
连呼啦啦的风，也是凛冽的表情。

脚印是谁的呢？寺庙洁白、庄严而神圣。
礼佛的声音此起彼伏，一行脚印身形难辨。
一整天喧嚣的集市面目狰狞，污水横流，腥臭遍地，狼
　　狈不堪。
而小院里隐隐约约的绯闻，酿就了昨天一场血案。

一场雪落下来，与一双凌乱的脚印无关。
野草像麦子一样成长，谎言像真理一样成长。
而欲望像无限放大的肥皂泡，在雪的掩护下，
正在被人们无休无止地追逐。

而博大深邃的天空，距我们越拉越远。
她澄净而透明的心脏里，还有更多的泪水，
洋洋洒洒，洗涤人类，
日渐斑斑驳驳的良心。

奶 香

春天，身后的草原，百川争流
花和草，忘记苦难竞相绽放。

马和羊，卸掉疲惫
像大地的宠儿，在时光里漫步。

少女卓玛，拎着硕大的木桶
走向一群饱满的乳房……

青　稞

抽穗的青稞，暗香流动在空气里
风吹来，绿色泛起丝绸般的波浪

高原的光阴金贵
乘着阳光，卸下去年的风霜和疲惫

海拔三千五百米的黑错山谷，夜风正酣
一片青稞地，负载着明天成长的忧郁

阿信和桑子

是一对种植下文字的弟兄。毗邻而居
草原的王国，鹰和牦牛是永恒的图腾

经过甘加、西科河、欧那那片草地的时候
风雪正急。一对旅人在倒淌河边仰宿营，望着高处

在黑错，二十年的梦想不复斑斓
明天依旧迤逦，时光摘一朵雪花，分别插在双鬓

再过二十年，在狄道或静宁，采菊、对弈、午睡、夜饮
他们不用沉思或懊恼。微笑着
写下干净的墓志铭

鸽　子

它们在红瓦房上，行走了几步，又走走停停
姿态不算臃肿，也绝算不上优雅
它们没有交谈，只是漂亮的脖颈鼓了鼓
咕咕声低沉、温暖。相互梳理羽毛。我看到了它们
双眼中流出的清澈和感动

它们趁天气好还要飞，三五成群地飞过
清真寺白色拱形的圆顶
飞过栖息寺庙柏枝的清香
飞过杏树、梨树、白杨和柳树孤独的树梢
它们借助飞翔
珍惜小城短暂而明亮的天空

现在是十二月，正午的阳光明亮
它们又会拜访蓝色瓦顶的人家
小院落安静，如果八十年代，孩子放学
小县城屋顶上炊烟袅袅
像一条河流流向蓝色的天空

不久北风如练，鸽子白色的羽毛
隐藏在一场大雪
鹰隼在乌云深处盘旋，一些枯叶簌簌作响

我怕天空中有一片片羽毛落下
会遮住人们温暖的视线

温暖的山坡

一面温暖的山坡舒缓、宽阔
它的弧度若隐若现
一夏天，阳光马不停蹄
经过所有的凹陷地带
那些不知名的艾蒿、蕨类、狼毒花
抽芽、吐绿、打苞、结籽
就像农村孩子的童年，不经雕琢，随意疯长
转瞬就掩盖了一个冬季村庄的荒凉

山坡与河流比邻而居，又擦肩而过
春天的小鸟早已破壳而出
在草丛和低矮的灌木上跳跃，鸣叫
幸福的山坡从每一个明亮的早晨醒来
安居山坡的蝈蝈、蚂蚱都有一个永不停歇
短暂而热烈的音乐梦想

山脚下的蚕豆说吐香就吐香了
集体在微风里度过成人礼的盛宴
那些早熟的油菜在夕阳里摇曳
早早地步入辉煌的暮年
养命的小麦知道光阴的珍贵
阳光下努力生长

不远处清源河水里浪花跳跃
琅琅的读书声背后
一群孩子在水里搅动
蔚蓝色天空的宁静
一顶顶草帽如大地盛开的灯盏
手持铮亮的镰刀，挥汗如雨
收割着沉甸甸的麦香和盐粒

不久，黑色的云朵如潜伏草丛里的蘑菇
一夜间蜂拥而至
蛐蛐的声音纤细、微弱
草木渐衰，独自承受着寒霜
我内心的野火无法收藏草木的青春
一场接一场的风，像命运的接力赛
持续吹过，山坡被一点点掏空
像我熟悉的亲人，被巨大的忧伤覆盖

在安多草原做一棵草是多么幸运

循着青草的幽香
循着河流的脚步
安多草原
把迷人的芬芳种植在万物体内

清晨，先是第一缕阳光
唤醒鸟鸣
接着是夜晚的露珠
让草地啜饮晶莹的琼浆

远处，横亘千年的雪峰
洁白、肃穆
大金瓦寺晕黄的光芒
诉说着迷醉的气息

此时，如果天空
再低一些，比雪还洁白的云朵
会把低头吃草的羊染得更白
会把健硕的牦牛衬托得更黑

阳光不断调整着焦距
把温暖一点点放大

雪山聚集的溪流像银质的项链
柔软地缠绕在草原的脖颈

那些纤细的花朵在清晨，集体出发
排列得多么整洁、有序
像翩翩的蝴蝶
在草地安放下五彩斑斓的梦

如果一切像油画里的安多草原
阳光含着钙质
雨水晶莹剔透
连空气也纤尘不染
那些牧人的微笑纯真、灿烂

我情愿在安多草原
做一棵草，真实地享受春天
那些正低头吃草的牛羊
干净的身子却浑然不觉

桑多河

多少年，是谁收集了这么多的银子。
在月光的夜里行走，有多么奢侈。

艾叶、蒿草，释放了单薄的清香。
远处寺院的柏枝的思绪，回到森林中间。

青草和松树深处，青稞吐绿，露珠剔透。
雪白的沉默，高洁、肃穆。鹰遁身红尘。
桑多河水里，白的塔，赭红色的墙——显影。

更久远的，水流遗失的弓箭、羊群、马匹，
和一场风雪过后隐秘的爱情，
藏于桑多河转弯的岩画。

记忆的菊花

老了，那些时光串起的珍珠收敛了光芒
青春的色泽是隐藏在皮肤深处的暗斑

屋外的花开花落寂静
模糊了昨天和今天的界限
每一个细节都暴露了呼吸的涟漪

炊烟不再被风吹醒，不再为流水哀伤
往事是一点点发酵的菊花
它的醇香掠过记忆的山岗

晨 露

小径是宁静的
在脚步未到来之时
夜色给每一棵草
戴上了晶莹的王冠

春天，一棵草
融入一片绿色
在脚步未到来之时
它放快了生长的脚步

春天，一滴水从容、镇静
从黑夜里走来
保持了钻石般的内心

山 岗

银色的机翼在地窝铺奔跑、轰鸣
滑翔、腾起
飞离大地斑驳的胎衣

飞翔是清凉的，舷窗外
万树松萝幻化着，阴翳天山高处
千峰笋石隐居古老的洁白①

无数次升华，无数次地洗涤、飘荡
有多少雪
才能照亮峰峦褶皱里深处的黑

---

① 唐元稹的诗歌"千峰笋石千株玉，万树松萝万朵云"，把雪中的山峰比成玉
笋，把雪中的松萝比作云朵。

绿　书

大地不经意在群山的夹缝间
摊开了一部绿书
绿色的封面，绿色的情节
一朵朵黄色的小花
是盛夏精心构筑的插图

完玛央金恬淡的目光里
能照见去年的积雪的清影
扎西目光清澈得
能照见去年格桑的花屑
一群把心灵交给白雪的朋友
就像绿色的精灵
在一个叫当智沟的地方席地而坐

今年夏天暴雨尚未来临
那条多河还保持了宁静
花和草打开了自然内心的温柔
山坡的表情从容、默然
不远处群峰延续着起伏
更显得开阔

一整天那些交谈的眼眸里

流过清风、明月，流过清澈平静的湖水
风无所事事
抚弄着草们纤细的身子
那些潮湿的名字和面孔
现在隐身绿色的章节
一次次变得多情、温暖、生动

大　地

在草地上那些往事像蚂蚁一样寂然行走
又不知所终
过去隐秘的交谈渐渐幻化成黯淡的辞藻

草地要举行新一轮力与美的角逐
蝴蝶上下翻飞
鹰隼借助蓝天背景，悠闲地盘旋、上升

一匹俊朗的马儿步入云层
一座寺院在山坡的高处打坐
只有，也只有这些青草把根扎进大地的胎衣

容　颜

青草是有香气的
如果你俯下身去仔细嗅闻
它有着阳光的味道，阳光的光泽

一只蜜蜂深谙此理
自从春天开始
它把梦想和甜蜜种植在这片草原

青草是有香气的
它的香气像露珠一样洁净、透明
雨后的草地氤氲着一轮彩虹

草地是有香气的，它是绿色的大海
那些寒霜刺痛的容颜不再悲苦
许多无名的小花，一直笑盈盈地站在那里

阅　读

多少年后回到柔软的草地
回到遗失的亲人们中间
在甘南草原
我们不问遭过风雪的牛羊
不再计较庄稼的收成

我们相信米日拉巴的佛音清澈、透明
我们能够目睹端坐莲花的佛
目光慈祥正注视着万物
一片片黄色的花朵需要抚摸、呵护
一只终日忙碌的蚂蚁
忽略了一只鹰隼盘旋的高度

多少年后回到柔软的草地
我们仍然平凡地活在叫草原的故乡
没有什么可以让我们仰望一生
看着马儿不再风中驰骋
看着风漫不经心地吹过山岗

有一些熟悉的云飘在高处
模糊了天空的视线
还有一些云朵飘落

在我琐碎生活锈蚀的心房
让我止不住泪流满面

甘南，独守宁静

有没有梦，黑夜都会过去
有没有阳光，黎明都会到来。

大雾中一丝光亮，孤独的牛羊
低头吃草。

一片彩虹升起，油菜花的世界金黄的火焰。

是时候了，黄金、玛瑙、珊瑚、兽皮装饰衣衫
是时候了，人们用歌声装饰这寂静的天空。

七月，甘南的大地有鹰
一片青草和青稞的灵魂梦见天堂。

回首迷情2010

雪要落下来，在野草带来睡眠
在荒原带来湿润和温暖
在过去缅怀的路途留下一串串脚印
也留下模糊或清晰诅咒的声音
一些往事随风飘零，而另外一些变成冰冷的铁
严守着内心的秘密
亲人们面孔潮湿，曾经熟悉的背影
化作风中飘零的落叶

人生岁岁如新，岁岁被苍凉覆盖
我不想展望今年的山坡上的青草
比去年更绿，更加茂盛
我不想打捞月光里悲伤的倒影
我生活在叫甘南的地方
她阴冷潮湿，每一片草上生长着更多的艰辛
我希望面对阳光和风雨，草儿经历阳光
远离苦难，生长得更加从容

这么些年了，我与朋友们咫尺天涯
那些带着体温的旧信笺
还崭新如初。一些电话铃声清晰可见
一些呢喃的声音还带着春天的缠绵

而音信却渐远
一切来不及回味啊！风声肆虐
转瞬春天已要亮起耳朵
北风要吹来寒意
而来年的雪依旧晶莹如初

阿子滩

夕阳里的阿子滩，温柔、迷人
就像雍容华贵的贵妇
安度金色晚年

她目光清澈、从容
山坡的斜度并不陡峭
连风声也像在丝绸上滑过

远方的鹰是她孩子中，最为
桀骜不驯的一个
不远处的河水，拒绝讲述
铅华洗尽的往事

黑夜里的草原

该叙述昨夜草原的黑吗
我看见远方的山峦手拉着手
献上洁白的哈达

草地上展开巨大的盛宴
先是牛羊，再是花朵低语
风声像那个大提琴手，不知疲倦，反复练习

该叙述草原的黑吗
他曾被孤独和寂寞合围
但宁静的露水，要说出多少晶莹的爱

尕海湖，飞翔的翅膀有多重

雾霭在低处。山峦轻轻摇晃
积雪，一层一层羽翼的茧
它们飞翔的翅膀有多重？

尕海湖单薄、透明，纤尘不染
仅容得下几只遗落的星星，安静地睡眠

黑鹳和黑颈鹤也变得异常安静
它们从南至北，像诗一样飞翔

一路起伏地飞，天空忧郁
那些灰尘、露水被怎样的秋霜染白？

落在天国里的雪

前世的冰冷和凄凉

竟是如此之轻

这些盛宴细瓷的碎片

不再呼啸、坚硬、呻吟

它们一直在落，落下

落向明月照过的青草、花蕊和沟渠

它们不是流水，带着欢喜和忧伤

一路喋喋不休或高歌浅唱

一片 一片 一千片一万片，显得从容

把纷繁的世界留给　宁静

而往事如细小的花瓣

栖息着亲人们青春的睡眠

雪，一直在落，悄无声息地

直到，落满童年每一面山坡

中 年

春天，打开万紫千红的册页
昨夜的雨水
不能熄灭
城市蓬勃的情欲

古老的黄河
又丰腴了一些
它浊黄的水
要带走一个人的童年、中年和故事

当智沟印象

正午，细密的松针交换着阴影
苔藓和地衣梳妆
小松鼠惊诧地探视金顶
寺院，演艺厅屋顶的辉煌

东，西，山坡皆栈道
修行不问东西
日头偏爱阴阳
无诵经禅音
流水潺潺

还是四川工匠，初识字，识竹节
辨石纹理，更懂人世
沧桑和包浆，半生的风尘

当智沟年轻
风打开鹰
鹰打开一个四川工匠
一斧一刀的修行

磨　沟

时光的齿轮松动
夕阳很美
绿宝山安静、优雅
落叶的石枣树
一副气定神闲的样子
这多像我们的长辈
牵挂着众多儿女的生活
七千年太远
一生短暂
被挖掘、考证的土地一片荒芜
只有劳作不息
想想耕作的亲人流下汗水
和光阴
看夕阳很美，想哭

清晨帖

我最爱洮州的八月
一年中最温暖的日子
草们抓紧结籽
牛羊快点贴膘
只有灰鸽子一拨又一拨
用鸽哨把天空擦亮

雨也是清凉的
瓦舍如新
云一点点变白
天空一点点湛蓝
像我们面对往日的愧疚
一点点放下
从容和自然

去山野上，看看山川
层层梯田
被农人叠放得整洁，有序
小麦，青稞，大豆
我们的兄弟
已颗粒归仓
一片洋芋地还开着花

像我姐妹迟到的爱情

清晨，我爱这清风徐徐
我爱这袅袅烟火
我爱这晨钟暮鼓
我爱这接下来
一场秋雨一层凉
露水里绽放的菊花
和秋天

守望的夜光很白

日子是一座山
光明和温暖那么明亮
守望的月光在凹陷地带
有经年的苔藓、积雪和半生的暗疾

月光很美，你把自己用孤独煅打成
锋利的刀刃
你把自己用铿锵和忧伤切割成两半
你的亲人，有的仰望月光
有的已被月光收藏

守望的月光很美
在大地上阅读土地，收成，欢乐，冷暖
直到每一扇灯光
有幸福而理想的未来

好 雪

好雪又白又厚
都下在夜里
夜安静，室内有个温暖的火炉
和一只温顺打鼾的猫
还有一对熟睡的儿女
雪下在夜里
山川不会孤独
那个夜里失眠的女人
不会为去内蒙古打工的男人
过年回来的道路发愁

舟曲殇

1

十年了，破碎的山河
被细细缝补，需要怎样不可言说的
疼痛
疼痛是父亲的，母亲的，兄弟、姐妹的
属于异乡，亡命天涯的夜晚
石榴树结出思念，垂柳患了抑郁症
每一块石头，闪着忧郁的光泽
太阳落下一次，石头，雨水。就要写下忏悔录

2

塞上江南，不二扬州
舟曲的九十九眼泉水
都被感恩洗涤，有清白和良心

看见草木，和稻谷
善念即佛，都有拥抱的冲动
亲人，在十年前走丢了，再也找不回来

甘南辞

真喜欢，坐在这面熟悉的山坡上
读诗和清风，任阿信老师深情地叙述

每一朵都学会了微笑，像蒙娜丽莎
羞涩的爱人平静地受孕，像苹果树

其实我的内心，拒绝任何形式的风暴
和闪电撕裂的天空

其实我一直生活在泥泞的雨水里
梦里一遍遍亲吻这片青春的草原

羊和草

神谕的草原，阳光教化草
草教化了羊群

手持画笔的人，感叹自然和谐之美
身上散发出羊的膻味

神谕的草原，阳光教化草
草教化了羊群

手持画笔的人，感叹自然之坚韧、宽容和美
画家离开，身上散发出羊的膻味

描摹，打坯，铸造的四川工匠
把身子埋在草里，在当周沟草原复制流水

他们还要用钢铁、水泥和时光
打造一具硕大的雄鹰

锅庄舞

夕阳抚摸着山峦和草
草原，这一刻陷入温柔的风里

广场上，人群如鸽群
栖息和平的音符里

阿啦塞，阿啦塞，阿啦塞，人群无尽地欢愉
燃烧，煮沸，奔腾，直到火焰一点点散尽

羚　城

街道像镜面，一遍遍擦拭
映射的天空，天蓝，云白，清风，微笑

羚羊登高，洁白的雪灿烂无比
逡巡绿色的领地，如梦氤氲

山峦捧出哈达，流水，一汪绿水
踏着欢快的节拍，看蜂群向野花求爱

风吹浮世

风替清洁女工一次，又一次
打扫街道
太阳用余晖打量山坡
打量生长过五谷的土地

风吹浮世
风吹来雪粒
奔跑着击打树干，玉米秆，灰色的屋顶

雪渐渐柔软
雪在路灯的光线里飞舞
喇叭一声，又一声
我听到街道和夜晚
被岁月一次次捶打的声音

书　籍

这是人类唯一干净的面庞
这是唯一用黑色表达的欲望
这是自己用笔墨
把白雪描述成苍狗

一部《经》有稼穑
一部《诗》有爱情
二十四部《史》有阴和阳谋
四季有疼痛和果实

这个冬季来了
我却如此局促
尚来不及
为白雪准备过冬涂鸦的足迹

雪山记

甘南以山为界
以山上的雪排座次

以云为邻的山
荒芜日月

只有英雄和鹰
去山顶住宿

想一想甘南的大山
日月便明亮了许多

老人与河流

风把黄河吹醒
把黄河和它水里的鱼，岸边柳
湿地里的芦苇
吹进春天

风把黄河吹起波浪
风平浪静的黄河
花红柳绿，草长莺飞
勤劳的人民追求各自的幸福

风吹着，沙尘起兮
混浊的黄河
哭泣的黄河
裸露的河床
凋零的景物

面对一天天
孤独起来的河水
病房里的父亲
一滴又一滴清亮的液体
如此清澈而宁静
流进苍茫的余生

大　雪

雪落下来的时候
天空宁静
荒芜的人间
还没有来得及准备一张产床

高处的树枝坚硬
一些建筑物秩序暧昧
一些词语生火
一些人来不及
在雪地上留下足迹

我试着给远方的朋友写信
写下雪一片
又一片的轻盈
写下天空白色菊花的盛宴
远方已是沉重的黑夜

落　日

一瞬间我被巨大的落日震撼
在远方，在雪山之巅
在树梢和电线杆的上方
在一场完美的风暴和潮汐运动的深处
在我回家傍晚途中的临夏
我膜拜这璀璨过后炽热的太阳
即使黑夜就在途中
即使坠入万劫不复的红尘
也要用温暖丈量最后的旅程

告 白

春天了，雪花还簪在发梢上
冷风还扑打着你的脸
你目光澄静
面色坚毅，从容

一杯牛奶在餐桌上的温度
永远是早晨最温暖的温度
一片面包的糖
永远是家最适合的甜蜜
孩子上学的脚步
永远有几颗孤独最亮的星星陪伴

亲爱的，我渐渐喜欢一些词
例如珠圆玉润
例如含蓄朴素
我也喜欢去你童年生活的小院
捡拾几片落叶
珍藏你童年的幸福

春天了，雪花落下

像春天多情易逝的爱
我俩十指相扣
岁月静好
我你静静坐着，相看两不厌
直到仁寿山搬来巨大的春天

山岗叙事

山岗之所以为山岗
刚毅，冷峻，和鹰的雄心连绵一起
让雪温柔

那是一处宽阔的草地
交给牛羊，秃鹫。阅读四季
也让刀斧，交出一个人
最后的胆战心惊和血

也交出良心
平静和荣辱

四 季

要有一片松林，安静、苍茫
能承受风霜，陪伴远方的白雪、风暴
晨曦里无数露珠闪烁
梦是光明的。松林下苔藓柔软
一只松鼠的清晨，欢快的海洋
有一条溪水歌唱

一晃五月了，格桑的土地吉祥
有鸟飞过的天空。清亮
青稞爬满荒凉的月亮
和野草荒芜的每面山坡
让牛羊走进寂寞的心房。

有一轮明月下江南
竹林栽满屋前，清风入室
最适合弹奏高山流水
红袖添香的是老去的新娘
裁云做花，采蓝做框
门前有河，有舟楫，酒尚温
诗酒抵达千年的乡愁

幸福的木梯

春天和春天太像了
一朵花开
一万朵花簇拥
这多像我们的童年
有一架通向幸福的木梯

父母的目光多像阳光
温暖，慈祥
多像春风，微雨
他们粗糙的双手
还要遮蔽沙尘和春寒

这么多年，春天还依旧烂漫
桃花红，玉兰洁白
春天和春天太像了
悲伤和悲伤太像了
只有一架松木梯子
沉默在春天的高处

春山词

洮州的天空晴朗得
挂不住一朵云
连一翎灰鸽子的羽毛
也不见踪影

天空只剩下广阔的蓝
火焰幽幽的蓝
马莲花盛开的蓝
蓝丝巾好像风中的信使
把好天气带给
青海西宁和西藏拉萨的人们

街边的柳树
开始为春天描眉
冬梅的三角梅吐出芳蕊
我捧一本诗集为春天插图
却总是把春山，写成无题

群山辞

你无法想象
置身群山的幸福
草木沐浴春光，绿水荡漾
背负盛衰荣光的故乡
和背负天空和困顿的人
有一张生死契约
北山种荞，南山种豆
他们像摊开自己的手掌
熟悉自己的命运
他们把每一面山坡
按节气精心整理
他们耕种土地
也把一生
耕种成坚韧的五谷

石　头

没有比石头
更圆润，更坚硬
更锋芒毕露的东西了
可佩戴如玉
可凿佛膜拜
可遗落尘世，孤独终老

人生是一条河
可长江黄河
可恒河密西西比
平静的风暴里
沙砾是最细小的坚守

像读书时代膜拜昌耀诗里青铜的光芒
也感动阿信诗里马兰幽暗的花香
我在仰望里试图接近高处的鹰
也仅仅是坐热了草丛里
沉默而孤独的石头

神宇的人间

机翼剪辑天空
一段裁下深蓝
一段，把如绵的云朵裁得繁杂，浩淼
阴影留给山岗和人间

逐水的村落
都有一个清亮而疼痛的名字
十万青藏粗犷的山峦
晶莹的雪重复着年轮
高处的雪，不得不背负
尘世的敬畏和风声凛冽的问候

每一座山峰苍凉
每一座湖泊安详
每一树叶盛满温暖的阳光
每一次叩拜是心灵翻动涅槃的经书
每一片青石板上
有前世和今生重合的倒影

云在高处
星辰和蓝在高处
神祇在高处

我在高原含混的午后
像个蓬头垢面的异乡人
看着朝圣者额头结痂
内心绽放莲花
我试着爱上这西藏的明亮和辽阔

故 乡

又一次写到炊烟
又一次想到炊烟的天空很蓝
又一次在甘南经历大雪
通往故乡渭源的道经一片泥泞

最难忘的一条河流依然清澈
老君山的樱桃溅落
穿连衣裙的姑娘早已出嫁
青春不再啊，晨风中黄衣的清洁女工
打扫着沧桑的人间

不知大雪是否也降临渭源
北山苍茫的大地迎来墒情
牛和羊眼眸里泛出绿色
驼背的乡情背负着生活的大山

一轮夕阳很美，炊烟升起的天空很美
匆匆忙于生计的故乡
请接受我馈赠的落日
这是大自然为您尊贵地加冕

力 量

岩石归于岩石，岿然不动
凭借自然，风，光，闪电
皲裂也有
惊心动魄的力量

树叶轻盈，可以舞蹈
甚至歌唱
背反两面的脉络
灰白人生多么清晰

大自然，一挥指千万年
帝王之座魍魍觊觎
江湖虽远，糙米亦可果腹
忙碌的蚁群
葡萄架下依旧忙碌

登　山

雪霁。草原新城的羚城美丽
很久以前，腾志街读书的少年
回来了

想去通天山和扎西才让看云，乔松和苔藓
松鼠和旱狸，一袭藏服的卓玛同学
像青春的童话

山坡对面还是山坡
松岗之上还是松岗
远山复远山，我们眺望和流浪的理想
由雪山、河流去实现

登山的路，由沙棘和云杉陪伴
西山坡上平添了几个村落
阿信的诗在高处，吟诵几句
会有星辰在绿豆昂的草丛里复活

月光里等你骑马归来

夜色如此恬静
灯光里有寒风和温柔
每一扇窗停泊于幸福里
每一人慈祥，端庄
暂时放下了疼痛和风暴
用关节疼痛的手指
拈一枝雏菊
做新年第一束温暖的阳光

夜色收藏了粮食
也收藏烟花的绚烂
这有凄凉的美丽
月亮为每一个人
开启了一扇窗
人们与儿灵的阴霾和解
也想象远方的亲人骑马归来！

月光里，山复制缄默
水依然诵经
打坐的白塔下
失散的亲人是旷野里
生长的星辰

今夜，披一件黑色的大氅

正在骑马归来的路上

老君山记忆

天空暗下来
老君山牵着群山的手
阻挡永不停息的北风
月光跌落树梢
油灯里我和弟弟的梦里
清源河蹑手蹑脚流向远方

天空暗淡下来
一夜的北风吹亮了清晨
窗格外的天空明亮起来
树梢上的雪明亮起来
院子里的雪明亮得晃眼
忙碌的母亲
为天空点燃温暖的炊烟

我和弟弟加入扫雪的队伍
在田野上堆出雪人
堆出农具
堆出月光和太阳里的怪兽和阴影
堆出老屋闪光的屋顶

这么多年过去了

母亲永远去了远方
暗淡的天空
北风吹了一夜
天明，洁净的天空下
几座尚未消融的雪人和卧桥
在故乡孤独地守候

雪

一场薄雪，天空静美。
兀自空旷的天空，被群山托了起来。
我在泛黄的桑科草地上，牛羊中间
想起浪漫的爱情。
其实青春已逝，格桑花谢
不急不缓的钟声
漫过时间低处。

蜘　蛛

经历太多的黑
我沉溺于迷人的蓝
黑蜘蛛爬过
我经年的痣
我的内心
深陷于纠结的网里
风吹过，道路空旷
草原尚未见牛羊
大地就陷落
只有迷人的蓝
在梦里

生命书

三月，我倚着儿时的土坯房门
看雪花轻盈地落下
剥夺了菜园里刚刚冒出地面
一粒豆角小小的脑袋
看见春天的希望

它来不及思考人世间的苍凉
刚刚过去的年
一头猪在食物的欢愉里
倒在了新年的门槛
它的血染红了故乡的正月
和祖父浑浊的眼里
最后的夕阳

风，还在吹，天空阴沉着脸
去年的燕子
已在归来的途中
我还没有打扫干净庭院
无颜面对你梦想里修茸一新的巢

三月，我无颜面对你日渐肥胖的身体
和生活挤掉你眼睛里最后的纯洁
不敢写信，不敢做梦
怕醒来后青春的伤和疼痛
与我擦肩而过，失之交臂

第二辑

人在旅途

远方令

把秋天劈开
不用刀斧
用风

天自开阔
云就看淡了
地也豁达
任五谷归仓

而我，砍樵，种薯，收获时令
听雨，煮雪，牧云，种植冷暖

而我，任凭山峦开合，牧一条河水
任亭榭白首，佛号隐居，白纸收留寂寞的文字

三月春风为马

三月，一匹马驮来寒冷
十万匹马驮来春风
在大地上浩浩荡荡行走

我忧郁一生的月光，已被河水洗濯
纤尘不染
我灰色的天空，已被众多的鸟羽擦拭
洁净、湛蓝

我在孤寂的庭院，种植下十万桃花
开放一丁点忧郁，更多地簇拥妩媚、绚烂
屋前屋后，梨树一身素衣

我荷锄而归，美人擦拭汗水，沐浴、更衣
庭院幽深，清凉的石几上
一杯香茗热气袅袅

我信口吟诵五柳先生
——"种豆南山下，草盛豆苗稀"
左手拈一粒豆放入口中
右手拈一点忧郁和凄凉入怀

任三月的桃花落
任四月青涩的果实潜入枝头

草木辞

向死而生。唯有
愧对过的顺从
草木也有卑微的幸福

草木不言，言之凿凿
一生有面对
野火、牛羊、刀刃的宿命
也有过闪电掠过的惊悚

三月了，草木揭开洁白的床单
为阳光代言，温暖
为春天立传，纷繁

春天信手翻阅一部草木的日记
故乡的背影
绿色如蚁群
在洮水、渭水河畔漫漶
我却叫不出其中
任何一个名字

清　明

风替我们
吹去喉咙里的雾霾
山还是一副倔犟样子

水柔软的身子醒来
水草盈盈
土著鱼要去生死相依的故乡产卵

兰州南大门寂寂
逝者们护佑一方绿色
操各地方言的子孙
要抚摸和打扫墓碑上
疼痛的汉字

清明，心里柔软的人
宽宥万物
任火焚烧香烛，往生，纸钱
任膝下长出密麻麻的野草

黄河和你

祝福你看着黄河
无所畏惧
一副幸福的表情
你不是无神论者
偶尔也焚香，点上香烛
祭祀死去的先人
面对黄河，我喜欢看你
清澈的双眸
像天上的星星，夜晚在河水里闪光

在旅途

从兰州到海南，三千多公里
兰州是起点，而仅仅
在四个半小时的航程之后
海南已是回来时分新的起点

这里比高原的阳光炽热，大海依旧蔚蓝
椰子树咫尺之遥，像一个人
古老的青春不曾凋零
正午的浪花，从遥远的地方分娩
拍打着昨日的大东海岸

许多人在沙滩上，威马逊像海盗一样登陆
而人们一直在交谈、休憩、冲浪、游泳
远方的疼痛一直在蔓延
一个肤色黝黑的孩子，正在不远处的
沙地上，精心建设心中的城堡

飞机上

强烈的光线，云朵愈加洁白
安详的父亲，这么多年
我们不曾一起远足
现在父亲安然入睡。像枕着
云朵的大海，悄然睡去
短短几天的行程，大海、沙滩、椰树
南国的风景，不知道
是否走进父亲的梦境
在四万米的高空，天空更加辽阔
七十六岁的父亲，拥有安贫乐道的生活
行走多么孤独
此刻他与我毗邻而坐，我小心翼翼
陪伴着他，像邂逅多年的朋友
多日的劳累，使他有安详、从容的睡梦
我甚至听到了他，甜蜜而轻微的鼾声
我隐隐担忧，一个多世纪的沧桑
在一个人的身体里隐藏下不易察觉的风暴

夜　晚

今夜我安然睡去
不用头枕大海
不用花朵作陪
我只要干净的春风三钱
白云些许就够了

今夜我安然睡去
在自己干净的床铺上睡去
早晨迎着鸟鸣，向世界问好

路　途

半截钢铁，载着称重，而呼啸的风
穿越时空隧道
光阴一半柔软，一半坚硬
瞬间寒来暑往

人生不肯歇息，像大地上
行走的黑白符号

燕　子

这是燕子的北方
低矮的屋檐下
新筑的巢
鸣叫浅浅的温暖
勤劳的女主人
刚刚走过湿润的田垄
现在，又在院子里
锄一畦嫩绿的韭菜
清明前后，点瓜种豆
那些低低鸣叫的燕子
也是北方
院子里种下的花朵

抵 达

去安多拉卜楞
或去西藏拉萨
司空见惯的
有人信仰做灯、身体为尺
额头的血液植入道路

什么时候能抵达？
小小的疑问
困惑许多人一生

回到诗歌的故乡

那匹负重的马，昨日夕阳下还是雄狮的模样
岁月粗粝的抚摸，古铜色的骨骼棱角分明
高高飘扬的鬃毛更添雄风
而暗夜里与你平静地交谈
更融入几分阿尼玛卿雪山的恬淡

今夜风吹着，暴风雪尚未来临
烈性酒足可以燃烧往日的风尘
而你我咫尺之遥，细话桑麻
我看到你内心的大海汹涌的波涛

黄河第一湾

青春是短暂的，譬如我赞美
一只燕子飞翔的姿态，譬如我赞美
芦花的白和轻盈
黄河岸边茶摊上，小姑娘洁白的牙齿
有着瓷器的光芒
黄河的夏天是温暖的，茶香沁人心脾
几只白鹭在水中嬉戏
白鹭彳亍湖水，时间可以卸下
旅途的风霜和忧伤

给诗人离离

我生活在雨水如注的甘南
这里水草茂盛，我有爱它们的理由
每天邂逅天空，无论阴晴
我都喜欢
有事无事，长相依天空中的
那点蓝，是最轻描淡写的那一种
或在午后想起
幽深的一口水井

水井中的父亲
核桃皮一样皱裂的皮肤
充满质感
父亲和顺从的母亲，走在崎岖的路上
象征着他们多年后
阴阳两隔，若隐若现的生活

年轻时，经过十字街
新华书店，像我们的初恋
我坐在你的体温里
羞涩地阅读
许多人高考落榜，乡绅般落魄
告老还乡

许多人，生活在小县城
在熟悉的故乡，热爱书法，笔走龙蛇
重复祖先逝去的生活

五月，我写下甘南，阿尼玛卿巍峨
甘南距离温暖，还有一段日子
正在经历风雪的洗礼
在定西，渴久的山川
雨水刚刚好，荞麦破土生长
我写下文字的时候，有人驱赶
羊群，去向阳的山坡
背阴处一片沙棘林还留守
去年鲜红的酱果

今夜，残酒未消
记忆里的亲情，比一瓣橘子
更早腐烂
千年的月光晦明晦暗
我视昨夜灯光如菊
阅读一本《旧时的天空》的诗集
怀念故乡，怀念一位诗人
把往事的珍珠一一捡起

路 过

仰望甘南，天空辽阔得让人惊栗
北风，不会歇息下来，我裹紧日趋单薄的身子

鹰在雪山顶上盘旋。一刻也不停留
岩石上行走的小兽，梦见青草，河流蜿蜒

不远处风雪涌动，经幡猎猎
玛尼石堆堆起岁月的苍茫

发白的牦牛头骨，眼神隐藏着无边的黑暗
"唵、嘛、呢、叭、咪、吽"
巨大的象形文字。背负着我一生的忧郁和困顿

冬日的西石沟

空旷的山谷就我一人，我陷入巨大的空洞和幽深
几千年前森林茂密，百草葳蕤
鲜花盛开每一面山崖
所有的小兽嬉戏、跳跃。俯首河边
生灵面孔清晰

那时这座山谷尚未命名
一朵花、一棵草、一只鹰和一面山坡
都能从容地打开理想的翅膀
万物如期繁衍，能够咀嚼
理想的食物

每个夜晚，星星安静地宿眠
一片浅草和露水可以装下
整个世界蔚蓝的梦
现在空旷的山谷就我一人
我能听到遥远的年代的呼吸

一个个浮躁的村庄如大地的补丁
生活着猎手、屠夫、马帮、驮手甚至一群盗墓贼
烽火和狼烟、杀戮遍地开花
贫穷是山谷的土著

人类诞生的虚妄比一条干涸的河流更加无助

一条河流比我们的血液更加古老
山谷中先是乔木，接着是灌木、蕨类和蒿草
像悲伤的青春一去不复返
灰烬跟着风的舌尖游荡
死去树木的愤懑和叹息还在继续
它们灵魂挣扎着，化作丑陋的藤葛，爬满每一面
荒凉的山坡
现在已过白露，鲜花、青草已耗尽了芬芳
一条条阡陌不辨的道路，像一条条
索命的绳子。牵着叫老虎沟、西石沟、塔哇的村子
天色渐晚，一些浮尘吹来，一些炊烟远去
一株野棉花还站在地垄，像脏的云朵
高举着山谷褴褛不堪的衣衫

孤　独

月光静好，树影剪辑着疏朗的窗格
我一个人低坐窗前
文字在书本里沉默不语
集体努力构筑一个爱的巢穴
想让往事生活得温暖一些

这样的夜晚，暂时告别李白的酒
杜甫惆怅的家书
让五柳先生在南山小憩一会儿
李清照告别战乱、离别
走在青州的路上

这样的夜晚
适合于品茗、抚琴
让心灵珍藏几颗久违的星星
这样的夜晚月光静好，我独自小坐
看着斑驳的月亮精心地插图

疼 痛

许多时光一晃就不见了
就像一场雨落在故乡
定西大山的沟沟岔岔中间
就像一匹小红马
绕过夏日的甘南草原

这么多年，许多陌生的事物
逼我交出
心灵深处的玉石
许多熟悉的道路
阡陌不辨

这么多年，时光留给我
触手可及的忧伤
还有亲人熟悉的面孔
藏在积年的蒿草和白雪下面
疼痛一年年生根发芽

黄河湿地公园

一只鹭鸟飞过夏日，红色的喙暗含桃花
一团小小的火焰，点燃夏日的碧空

荷花早已铺开绿色的裙裾
芦苇密密麻麻
要遮盖水面每一丝清凉的肌肤

城隍庙古玩市场

鸡形陶罐、刀币、奇石、笔墨纸砚，或一枚温暖的玉石里
躺着一座奇异的城堡

时光被一刀刀镂空
风雨被无数次做旧和复制

审视、猎奇，探寻的脚步络绎不绝
守住时光的人，昏昏欲睡

只有，也只有几棵巨大的杉树、杨柳，洒下阳光
照见几分历史的真实，几分现实的斑驳

西　湖

一树树梨花纷繁，简约的白
花萼里藏着小小的火焰
三月，雾气氤氲的天空，带来雨水

燕子掠过西湖
用浓墨描绘太重，淡墨又太轻
一树树垂柳做画框正好，疏朗又不失窈窕

瘦西湖

琼花纷繁，美人不曾咳血。香帕洁白
一轮明月，在二十四桥下，款款走来
浅浅被诗韵吊着

桥、岛、堤、岸，起伏盛衰着江山
不见御驾，只有乌桕、榉树、红枫、桂花、紫薇、桧柏
举着四季的各色旗帜，静候风雨

江　南

像一粒祖国西北
被风吹干吹皱的沙粒
在江南温柔的吴侬软语里，心事绽放如菊

南京长江大桥下，江水恣意蔓延，落日正好
一边刚告别浩瀚、辽阔、悲壮的故土
一边又踏上精致、生机勃勃的梦里水乡

我一路小跑，那些绿色泾渭分明
潮湿的祖国，诗意的祖国，安静、深邃
数千年的遗迹若隐若现

把诗歌和剑，智慧、纷争、富庶种植地下的江南
车轮上载着一只，不愿迁徙的候鸟，枕着今夜的钢轨
感受三千年吴越大地的儿女情长、波澜壮阔

千岛湖上

清溪清我心，水色异诸水。借问新安江，见底何如此？
人行明镜中，鸟度屏风里。向晚猩猩啼，空悲远游子。

——李白

天空陷落，几朵洁白的云
像一个人悠悠的思绪琢磨不定
鹭鸟掠过宽阔的水面
柞树、桑树、竹林苍翠，天空自由呼吸

一千座岛，像一千座绿色的翡翠，碧绿诱人
梅峰观岛、猴岛、孔雀岛、蛇岛、锁岛
还有一些不知名的岛屿，我心生愧疚
是一些美丽的象形文字
像散落湖面上的珍珠

环游湖面，清风徐来
导游的吴侬软语可化解千年哀愁
这里曾经依山傍水，群峰逶迤、连绵不绝
鱼米吐香，一千亩油菜金黄，蜜蜂采摘甜蜜

水下安睡昔日千年古城，街衢通畅
狮城、贺城雕梁画栋，面孔清晰

新安江畔百业俱兴，车水马龙
徽商商路的繁华富庶安然睡眠

我想象邂逅王维、李白、刘长卿或朱熹
垂钓到一首诗，一份唐朝的恬静与豪迈
抑或面孔潮湿，驻足石峡书院
闻道解惑，释放内心的憧憬

黄山上我邂逅的白玉兰

都说黄山归来不看岳
我说黄山上白玉兰的美
夺去了我的心魄

雨中，黄山的雾美不胜收
日出，奇松，怪石
厌倦了尘世猎奇的目光
隐遁了足迹
距我三尺，我只看见
弥天的雾，眼神飘逸、蒙眬
在山间流淌，一泻千里

黄山，一束束燃烧的白玉兰
像我几千年前梦中邂逅的美人
在目击到的河谷里
双眸生情，顾盼流连
独自吐纳人间清气

槐花辞

聆听河流，晨钟里露珠睡眠
一夜的微风
红的、白的槐花绽放少女的童年
花萼里释放迷人而弥久的芳香

你摊开纸笺，让时光叙述梦想
让少年经过河滩，走过拔节的庄稼
鲜红的沙棘林，墓地
走过黎明的桥，明月，书声琅琅
走过饥饿，困顿，汗水
收获脸上明亮的阳光
让白纸收留罹难的文字

你摊开白纸
摊开一轮明月
月光里，少年远走甘南草原
放牧白云，收获炊烟，经幡
这么多年想念的故乡
在满山遍野格桑的梦里
抚摸槐花最初的洁白

途 中

请给我善良的心
让我赞美冬日
路边待售白菜的洁白

请让红头巾包裹的妇女
在风里重拾
少女的羞涩的笑容

请充满汗水的钞票
在独自燃烧的夕阳里
更像授予劳动者的勋章

请给我孩童般的心
我为树上的乌鸦孤独的巢
用彩笔涂上温暖的色彩

村　庄

落日提着灯笼
照亮村庄最后的辉煌
牛羊归栏
鸟儿归巢
宁谧的故乡
炊烟是她长出的白发

欢愉的村庄
肯定不会叙述
她黄金的粮食
朴素的菜蔬
肯定会让河流
带走悲伤的往事

想起村庄
想起黄昏提着灯笼
想起萤火虫的童年
一首歌谣
被大风吹得
支离破碎

秋风送

走在秋风里，我要替父母
送藤蔓松开的豆角、瓜果
送种子离开土地
送落叶一程
好让它赶上夕阳的班车

走在秋风里，万物疲惫
任秋风杀伐
我要替燕子看护屋檐
代替北方送大雁一程
河水瘦了，不会给下游带来灾难
风声凛冽，不会有飓风盘旋

我要替人间呼唤云朵
忧郁太多，漂泊累了
就回到晶莹剔透的童年

秋风里，我藏起刀、绳索
悲悯谷物和羊群
我拿炊烟叙事
炊烟的笔尖
仍无法描述摇摇晃晃的人间

车过九甸峡

戊戌正月十三

渐次降临的春天

在空气中弥漫

一座山有一个温暖的村庄

一面山坡有一坡温暖的野花

一条河有一条河流淌的记忆

远行的故乡，河西走廊今夜有风

一轮明月像醉酒的亲人

摇摇晃晃

一首花儿的信札

空无一言

欲言又止

风中村庄

风，吹着吹着
村庄就感到凉了

风吹着吹着
树木就瘦了

风吹着吹着
出村的路就细得弯弯曲曲

风吹着吹着
村庄的心事一天天就重了

风一阵阵吹过
单薄的村庄脚步有些趔趄

那些进出村庄的人
一言不发

只是连忙紧了紧
有些臃肿的棉袄

磨刀的人

一上午，那个低头劳作的人
把脸埋在阳光里
埋在磨刀石和刀锋之间
我无法萃取他内心的明亮
屋后的小麦说香就香了

从春风到惊蛰、夏至
他在农历的节气里一路奔跑而来
脸上有风的皱纹
头发上有春寒的风霜
每一颗汗珠都有夏天日头的影子

阴郁的院落难得明亮
他现在小院弓着腰
磨着一柄被生活磨弯的镰刀
上午的阳光在乌云间穿行
他内心刈割的希望
在刀锋上变得异常锋利

簧　村

一座佛窟
赭红色的岩石变得庄重而美好

那些羞怯的五色竹
明月下不再窃窃私语

什么朱明皇朝
靖难之役

哪有清风明月，流水潺潺
轻松随意

行进中的村庄

在我来田家庄之前
对面阴坡的马家坡是存在的
张家嘴也懒散得习惯于
在山梁上居住
一条叫渭河的河流
像葛家湾伸出的绳子
一路向丁家河湾的方向
拉拽着叫岁月的光阴

村庄的河流上游的鹿鸣、五竹
就像儿时伙伴狗蛋、栓成
也是家乡村庄的名字
知道它们的记忆
是有一位几十年前
很早就去世的姑婆
现在不知已委身哪一座山谷

鹰盘寺上的天空没有了鹰
也没有了寺庙
鹰死于猎枪,寺毁于浩劫
这一切像故事
只有一座山峦在夕阳里沉默

儿时梯田像温暖的床铺
在山野里叠放得整整齐齐
其间有蛐蛐的叫声享受阳光
有蛙鸣穿过夜色
白天村庄按照各自的方式生活
亲人们在河流里洗濯肌肤
在河阳种荞在河阴种豆
在天空种植下袅袅炊烟

在我来到村庄之前
葛家湾早早就存在了
亲人们在体内
已种植下二十四个节气的
欣喜、忧郁、寒霜
现在我无论是果，或是瓜
相思的藤蔓上
都会结出孤独
多少年过去了
村庄，仍在以自己的方式行进

西　游

劳动是最优美的舞蹈，果实是全世界最壮观的落日。

——2011《新疆札记》手稿

在新疆你无法拒绝阳光
无法拒绝胡杨树带来的挺拔和美
光影用最持久和坦诚的热情
种植下色彩和芳香的方阵

这里没有人讲述生存之难
清亮的水声就是拨动心弦的琴音
千万亩番茄一夜间披上红纱
一万亩玫瑰吐纳迷醉的香醇

金黄的稻谷刚刚收割了黄金的语言
薰衣草轻盈地覆盖如诗的原野
棉朵在地垄间簇拥得更加热情
不久要采摘属于阳光和云朵的甜蜜

八月，新疆大地被妖娆和丰硕的气息覆盖
成熟的秘密不再隐秘和迷乱
大地安放了日月星辰四个忙碌的轮子
要辉煌而高傲地载负人类广阔的餐桌

月 亮

月亮，月亮
谁的声音轻轻呼唤
谁的手指拨动琴弦
倏忽间一队驼峰
就翻过了乌鞘岭千年的积雪
就翻过丝绸般起伏的驿站
还是茫茫大地
金戈铁马归于寂静
遥远的汉留下坟冢座座
辞赋华章空伴美人落泪
繁盛的唐曾经鲜花簇拥
诗歌光焰也是一声叹息
几千年后，沙砾依旧冷了又暖
时空仍在不停翻飞
我在新疆孤独地行走
就像几千年前的驼铃或蚂蚁
在辽阔和虚无间
不曾繁荣
也不曾悲戚

歌 声

这面山坡，一年四季被风的翅翼擦拭。被风
迷恋，放逐，流浪
牧人的马蹄踢踏作响，远处鹰翅擦亮了云朵
少女的银饰，绕过花簇的山岗
一支牧歌和着山峦起伏，汉子亚东的弦子沉默
叫尕海的海子澄净
一颗追求宁静的心，距内心越来越远
夜色渐暗时，时光是位披着黑色斗篷的老妇人
雨水里洗净容颜，没有埋怨
只是轻轻撩起了面纱的雪
雪和通天山上的乔松
不问前世，不问来生
相依着，从去年秋天一直是戴在山顶的王冠
翎羽翙翙的雉鸡是寂寞的
寒星点点和一弯弦月是寂寞的
一行野兽的足迹
是谁在信手涂鸦？
一切默不作声，相约的时候
格桑花在溪边绽开亲切的笑容

仰望苍穹

凝视苍穹，我微小的眸子是否能
盛下它全部的蓝？
盛下它的温暖、高贵，和尊严？

它期许的蓝色被薄雾笼罩，是那么透明、神秘
可命运的黎明已结满寒霜
天明又能委身哪一座星辰？

仰望苍穹，仰望它全部的蓝、高贵和尊严
直到第一缕曙光
剥夺了我全部的视线

绿色的梦

如果时间倒流
六十年前的芨芨草，骆驼草
仍会记住每一颗汗珠
滑下盐碱地清晰的声音

是怎样的艰辛，怎样的创举
一支浩浩荡荡的队伍
在荒芜的原野
化剑为犁

在地窝子安家
劳动用最原始的犁耙
把青春和信念、平安
爱和绿色一起悄悄播撒

六十年，在石河子
时光已竖起一座座丰碑
荒原上现代化的城市绿树掩映
轻歌曼舞的广场多么宁静

这些惬意的人啊！
这些快乐的鸽群

请不要忘记给夕阳里

脚步蹒跚的老人们

一个春天般的祝福

河西走廊

先是乌鞘岭，再是祁连。一样洁白透明的雪
一样的山峰绵延着琥珀
雪线下的松林和多年黑色的菌子
散发着经年幽暗的香味

近处褐色的沙砾与沙柳展开角逐
沙棘微小的果实顶着来世的风雪
芨芨草、骆驼草和一只惊恐的鼹鼠
仿佛是寂静旷野上孤独的看客

从兰州西站出发。一整天一辆绿皮列车
沿着空气中缥缈的丝绸
在甘肃的琴弦上努力歌唱
但漫长的河西走廊已让它疲惫不堪

石河子

像一位细心的农人数着金色的收成
微风把泛黄的树叶
铺满脚下每一寸土地

想象一下多年前的蒿草、沙砾、荒原和地窝子
怎样被经历过硝烟的脚步丈量，被汗水浸泡
农垦地上谷物怎样在盐碱地里扎根生长？

经过艾青诗歌馆，一阵风绿油油地吹来
那首镌刻铜壁上的《年轻的风》
就在昨天的耳际回响

伊犁行

宽阔的伊犁河谷，可克达拉草原上空没有鹰飞过
《草原之夜》歌声优美，绵长
还有特克斯河，喀什河，巩乃斯河
把深情的民歌中的清澈传向远方

我目及的天山高耸着神秘和庄严的气息
一亩亩收获的棉田是大地浓缩过的云朵
金色的玉米，藏红花，薰衣草
虚幻迷离的幸福在河谷铺开

在伊犁河谷走过，这些温柔的植物
是人世间最温润的玉石
总触及我内心柔软而潮湿的部分

天上西藏

十个湖泊清澈
十万雪山荒凉

一点点抬高的大地
要抵达圣城明亮的腹地

大风皴裂的山上没有草
太阳的背面爬满荒芜的盐

口里诵经种植悲悯
白杨树收下绿色的王冠

写下拉萨城里的繁华、荣辱和安详
荒凉的群山平静的河水已放下奢望

腊子口的缅怀

现在，湍急的河水也从容了一些
悬崖上松柏挺立，仍在向历史天空致敬
碉堡上苍劲而斑驳的文字
足可以留在教科书
激励不屈的灵魂

仰望山崖，仰望八十三年前
星辰的微光
仰望绝处逢生的烛光
和共和国的脊梁
"云贵川"小战士在冲锋前夕
化作一粒革命璀璨的陨石

我们肃穆却站在蓝天下
野花举起灯盏，野草蔓延
托起一座瞻仰的丰碑

现在，我们站在阳光和清风里
捧起一面鲜红的旗帜
仍能听到那一夜
呼啸的枪声，英勇的冲锋号里
镰刀和锤子

锻造的誓言和铮铮铁骨

在山谷里回响的绝唱

雨后的城

四月，柳条为天空精心描眉
桃花搬运脂粉
还有丁香楚楚动人
把香气带入城市的角落

五泉山上，一眼又一眼泉水安静
明月和亭子相对打坐
不为香火萦绕
只为守住清白和良心

四月，人间芳菲一片
草木情深
一条大河安静地切入
兰州城的灯火，烟火，疼痛

人间词

土地太累
人世苍茫
天以雪，装点荒芜的人间
大雪纷纷落下
不以贫富、功名取舍
大雪落下的地方
贫血的世界又一次眩晕

河流喧哗得太久
垂钓者
钓到了寂寞的岁月
也钓山河、日月和白发
满目破碎的星光
现在北风正值盛年
喧嚣的河流
要带走命运的微光
磅礴的河流，内心温润
面对北方，也选择了沉默

青 海

雪山苍茫

从夏河到同仁

一步又一步

抬高又落下的海拔

让河水倒淌

一面是安多朝圣的故乡

经幡低垂

佛音悠扬

一面是热贡艺术里

复活的莲花、神兽、佛陀

云是云的一部分

大夏河和湟水

是流淌水流的知音

沙砾、峡谷、草地是青藏的一部分

菩提和青稞

喂养着青藏大地上

生生不息的桑烟

回到拉萨

多少个夜晚
我回到拉萨，吼声让夜战栗
让郑钧忧郁的长发
飘扬在夜里
拉萨是悲悯者心底的灯光
拉萨我要回到心灵的故乡

今天我在拉萨
天蓝得触手可及
云白得不染纤尘
树叶绿得多么珍贵
行人从容，经轮飞转
六世达赖仓央嘉措的情诗
正穿越过爱情和时空

街和街明亮，惆怅
鳞次栉比的八廓街
商铺如欲望的列车
酒吧里歌和歌相连，苍凉如雪
布达拉宫，大昭寺，小昭寺，罗布林卡
诵经者络绎不绝
寺院里，无尽的昏暗寻找着酥油灯光

在拉萨，时光会变得慢下来
拉萨河开阔、平缓，流向远方
千年的雪山
还是千年前的模样
一位又一位朝圣者
匍匐又站起，额头结痂
身体里有一生起伏的波涛
也开满慈悲的莲花

拉萨谣

雪山宁静
诸神安详

拉萨河开阔，流向千年的远方
一座桥连接两岸，川流不息的足迹

最适合仰望，打坐，匍匐前行
最适合大地宽阔，安放天地良心

暮 年

我常常看着银滩桥
华灯初上的夜晚
五彩的臂膀
伸向天空，探入水底
伸向茫茫黑夜，人海
天明仍两手空空

我就是你的朋友，亲人
我在甘南，渭水河畔
守望风雪里的牛羊
干涸的麦子

在皋兰山，养育五眼泉水
在白塔山打坐，牧云
在一方池塘
听雨，打湿荷叶

四月，甘南一带下雪了
兰州落雨和梨花
黄河切开的喉咙疼痛
这疼痛属于落雪的桃花
属于我无法修篱种菊的中年

豹　子

牛羊遍地，草迹漫漶
岩石上的猎人
弯弓射向一只秋天的天狼
而牧人在草地上睡眠
毡毯上美丽的花纹
正在风中奔跑

江 山

我把三千里江山的风，还原给古老年代
那时古人们歇马江边，谦恭地作揖
黄花肥硕，酒香醇浓
面对任何一条江，心底流淌着辞赋

我的发冠巍峨，高得可以触及一片流云
我的佩剑明亮，正义的寒光熠熠生辉
只要打开任何一帧古籍
美人留恋顾盼双目生情

那时河流尚未命名，脚步很轻，很稀少
那时月光纯洁，不知红尘
如果你生在三千年后，我已厌倦功名的铁骑三千
我只要一缕春风疗伤哀愁

我的灵魂里有一只鸟在歌唱

来到尘世上，无论高高在上的君王，或是贩夫走卒，都
不过是笼鸟槛猿。只有灵魂和爱不灭。

——题记

这么多年，不是幻听，更不是重影
有一只鸟始终在我耳际歌唱
歌声荡漾在清晨和傍晚
在露珠和夕阳里
那一条流走童年的河流
田庄一树璀璨夺目的梨花
难掩他的婉转与晶莹剔透

这么多年，我的路途、人生
不断被分割、打磨为若干平面
样子像打满荣光与屈辱的补丁
但这一切也要像岁月里金黄的麦田
终将遗失在车辙里
这么多年，故乡长满蒿草的原野
经历了太多荣枯的磨难
劳作的亲人依旧浮现悲愁的容颜

这么多年，当我蜗居甘南

在昨夜醉酒的清晨，写下
一首怀念的诗歌
努力用灵魂的火镰打磨光亮的前程
在雨水和寒霜里给远方的亲人写信
用香烛和冥币点燃火堆
向另一个世界的母亲送上
卑微的温暖和祝福

这么多年，当我做下这一切
忧伤的耳朵，苦难的心灵无法聆听
这个世界更多的心跳
心中没有大海，只有苦涩的波涛
只有一只鸟儿
在我灵魂深处久久盘旋
用它小巧而坚实的喙
啄食着我内心一次次的逃离的疼痛

第三辑

亲人献诗

天　空

春天，万物深陷其中
例如草、花萼，遗失的箭镞、青春
雄健的鹰，硕大的翅膀抖动
要卸下无边的黑和寒冷

父亲，无尽的劳作里复活了村庄
生锈的犁，要阅读沉重的土地
幸好，接连几场雪花
湿润了记忆
切肤的耕作
盐和钙质，埋下祖先的骨殖

父亲和这片土地一起
苍老。须发结满冰凌
和群山一起起伏，蜿蜒
和大河一起流淌，歌唱
阴云密布的日子之后
身后是一轮加冕的夕阳

不说话的树木

我始终相信这些树木
是有智慧的
它们的胳膊能动
它们的根须多么发达
它们色彩丰富得
足以让季节陷入苍白

一棵树它沐浴过阳光
也见证过风雨
为什么它总是一言不发？
直到有一天我在村口
遇见一位老人
目睹亲人像风中凋零的落叶、果实
我明白了一棵树
为什么总倔强地沉默

木 炭

那年腊月
父亲从遥远的林场运回了木炭
有着淡淡的桦木、青冈木的清香
和温暖

那年一家人，静好如初
姐姐还不曾出嫁
杏花还在春天的枝头
母亲围裙上的图案多么鲜艳、生动

那年过后的年
那些岁月令人忧伤、心碎
那些剩下的木炭在遥远的老家
像年老的父亲一天天变得沉默、孤独

田 庄

生活在农历里的母亲

现在，像任何一位

勤劳的妇人一样

背着家庭生活的背篓

行走在田庄的路上

篓里是刚刚刈割的金黄麦穗

背篓两条纤细的背带

在流淌的汗水里

勒得母亲双肩隐隐作痛

现在，是田庄的八月

全世界一片金黄

母亲在夕阳的光晕里走着

只要看见眼前一束束

遗失车辙里的麦穗

母亲再吃力

也要一次次弯下腰去

吃力地捡起

亲 人

积攒了一生忧郁的人
少年时代
期待故乡的马车

田园荒芜
田庄荒芜
祖先的坟墓
野棉花盛满漂泊的阳光

我把诗笺，献给父亲
一位慈祥的老人
多半生用文字
抚摸我疼痛的亲人

母亲的来信

母亲您好
我阅读您给我的二十七年前的来信
蓝色的墨水未干
而我的泪水止不住流下来
峡峰我儿，你好
阳世上没有这样
美好而朴素的问候了
您的字迹端庄，秀丽
月光里您劳作，安详
阅读母亲的来信，用心和泪水
阅读母亲的生辰，青春，暮年
劳作，唯有劳作的光荣和哀伤
山川壮阔，山河美丽
阅读一封母亲的来信
一份无法回复的家书
母亲，儿安好，勿念

清明祭

春风，垂柳，和河水都依山而生
黄土，我跪下来背负一朵白云
直到雨落下来，打湿一片天空
妈妈，您的笑还是那么亲切
第一根白发让青春变得遥远
那时我还分不清玉米和小麦
分不清欢乐和忧伤的泪水
妈妈，是哪一片云朵，投下了阴影
成为您的病痛，心里的顽疾
我亲自目送您，安葬在黄土里
如果您化作植物，肯定是一株小麦
纤弱，温暖，有一个幸福的收成
家永远闪烁迷人的光泽
也可能是一穗稻子
有洁白温润的良心
我今天跪着黄土
和黄土地上的小草
我感谢它们与您为伴，不离不弃
倾听您一生的幸福和痛苦
又把人间的阳光，雨露，花草，收成
为您不厌其烦地叙述

仰望天空

最宽阔的天空
机翼是最柔软的翅膀
他驮着我的亲情飞翔

一生中，许多时候我在仰望
早晨仰望阳光
劳作时仰望雨水
和妻子初恋时仰望月亮
和孩子一起时仰望星星

因为仰望，我的世界辽阔了一些
因为仰望，我的生活增加了骨骼和钙

现在，我仰望的天空、云朵
在脚下飘过，洁白、舒缓，幻化万千气象
而我一生的仰望，微不足道，不曾有丝毫增减

白雪感知疼痛

孩子，冬天即将降临
爸爸尚未收获那些
土地上残留的谷物
尚未把一颗土豆从寒冷中刨出
尚未把一把农具打磨得铮亮一些
尚未把茅草屋修葺一新
把温暖的柴垛子码得更高一些
一场雪，就淹没了山梁上
我半辈子生活、耕种的足迹
孩子，脚下的土地熟悉而美好
一垄垄整齐地排列着
大豆、麦子、荞麦和土豆
它们带着我的体温和汗水生长
我常常望着天空，仰望雨水
那些收获的日子多么温暖
孩子，当你远离乡村
在异乡看着天气预报，感知冷暖
预知明天的生活
而一场场的风，一场场的冰雪
已植入我农业全部的骨骼

早 晨

从鸟鸣中醒来
我心怀欢喜
昨日的疲惫、灰尘
已随阳光遁迹

打开窗户，迎来世界
属于我的阳光
它和父亲、母亲一样
无私地关爱着人类

我打开微信
关注失眠的人群，内心的孤独
写下母亲节的思念

清晨，在兰州，我打开手机
开始与世界交流
我点赞，赞贫穷的人类
相互关心，又永恒地抛弃

居　所

人生的中年，无需修饰和赘语
该来的，如一缕白发，两道皱纹
三件烦心的事，已悄悄来到
不该过早
失去的，如慈祥的母亲
两位同事，悄然离开
夜已很深了，妻子、孩子
我的亲人们，渐次入睡
四周的窗户默不作声，一盏盏灯光
暗淡下去
我听到夜晚清凉的呼吸
能触摸一个人往昔的内心
居所的四周，白天
丢弃的果皮，脱落的皮肤碎屑
微不足道，却又十足地温暖
现在，在夜的黑暗里游走
角落里的几条螨虫、蟑螂
花盆里松土的蚯蚓，也在各自的
领土里，入睡或劳作
这么多年，它们构成了
温暖我，心灵的一部分

中　秋

经年的月亮
还在今夜的天空上方晃动
看上去很亮、很大
像放大的孤独或乡愁
我与弟弟，优秀的牙科医生
在兰州饮酒
没有菊花相伴，安宁有名的
白粉桃的香味，在空气里弥漫
酒微醉后，月亮变得硕大无比
天空愈加空旷。孤独的弟弟
喃喃自语
怀念起童年、老屋，和曾经一家人
简单快乐的日子
我怅然若失，泪眼蒙眬
新做了头发的妻子，在一旁坐着
恬静而美丽
她手中十字绣上的月亮
有一层更加温暖的光芒

纸月亮

月亮很亮，很白
像一张纸，被北风吹着
雪粒打在纸上，洁白而坚硬
打伤脆弱而无助的童年
三十年前的冬天
母亲去公社开会，油灯熄灭
巷子里的狗吠，像追赶着
无数蹑手蹑脚的强盗
或死去亲人的身影
三十年前的夜晚，月亮很亮
它有着纸一样的白
和被雪粒击打的疼痛

妻 子

时间塑造的美，最终被时间
抛弃。远处
仁寿山裸露着山岩，曲线毕露
芨芨草等待细雨滋润
槐花结荚，桂花已落
凉亭里，妻子阅读着一本书
时不时扶一下镜框
微风里，理一理头发
她柔软的鼻息
肯定也温暖着书中
某段生活的情节

亲人谣

造访一片草原和一匹久违的马
需要多少年的光阴和耐心
我离开草原时朔风正疾
那匹马在帐篷前低头吃草
风吹起了它长长的鬃毛
它眸子澄清，健美的身躯依然发亮
它美丽的蹄子可以踏向远方

多少年来，一匹马的身影
随着一条河流逶迤前行
随着熟悉的山峦留下歌谣
风调雨顺时种植下爱情
那是一个属于父亲和母亲的梦想
那是一条属于我童年的河流
现在依然清澈无比

现在一匹马站在草原上，冬迎雪花
夏天在阳光里成长，秋天
背负亲人去遥远的牧场
一匹马和我众多的亲人
在草原上生活得比我更坚定

想起草原，许多芜杂的思想
让我忧郁和疼痛

清　明

田野上忙碌的人们点燃去年的野草
虽然没有风，阳光和煦
草们争先恐后就噼噼啪啪燃烧起来
像人类毁弃昨天一场喜剧舞台的幕布

一棵树看着这个场景从容应对，波澜不惊
一只乌鸦从骨殖里一点点挤掉严寒
笑对春风。一条河流也脱掉沉重的外套
身子轻盈地流向远方

燃烧后的草们化作灰烬，把温暖迅速传递
像清明我们燃烧纸钱，表达我们
对亲情无比温暖的思念和依偎
燃烧后一团团黑乎乎的轮廓瞬间淹没在绿色的田野

还有人在田野上习惯性地烧荒、耕耘，无视云起云落
还有人在墓碑前长跪不起，口中念念有词
种植荣辱和羞耻，还有人像孩子一样在田野奔跑
让一颗明亮的心在雨中奔跑起来

动词的母亲

母亲，从来就是一个动词
五个儿女
十月怀胎，她还在锅台
和田野间不停地
奔跑、忙碌
直到我出生之前，她还在地垄
锄一畦蚕豆，还在院落里
打扫，喂她的猪，和一群鸡鸭

自我出生，母亲
就是一个动词
她哺乳、缝补、浆洗
做饭、喂鸡、喂鸭、喂猪
割草、锄田、收割、打碾
直到屋后的场上，一堆
积满白雪的草垛
化作温暖的炊烟

多少年过去，我们理所当然地
认为，母亲就是一个动词
她不知疲倦，永不懈怠
即使腿脚不便，告别了她的

院落、庄稼、鸡鸭
她坐在沙发上，一个下午
仍不会停下来
唠叨孙子、孙女的健康
今年的天气，庄稼的收成

母亲是一个动词
劳动悄夺走了她的健康
她的一生都走在勤劳的路上
现在她静静地躺在
洮水护佑的山岗
今天是冬至，大雪洁白
我焚烧纸钱，火焰里
依稀看到母亲
清晰而模糊的身影欲言又止

故 人

室内的栀子花开了，清洁、淡雅
连最小的一朵
都噙着泪水，含着淡淡的芳香
一切与十二月的严寒无关
风在屋外没有留下脚印，鸟也
无声地飞过往日的花丛
故人从遥远的玛曲草原而来
卸下疲惫和风尘，茶几上
一杯茉莉花茶，在青花瓷杯中
清香如幻梦绽放
我数着栀子花，五朵、六朵、十五朵……
朵朵娇艳欲滴，而一些往事
却面目全非
想象着这么多年的时光
我俩相对而坐，竟然无语良久
时光在不知不觉里，已漂白了花瓣上
若有若无的红晕

回 眸

内心有多么苍凉
洮州的白杨树叶子从鹅黄到油绿
坚守风雨、阳光，说老就老了
现在蜷缩在风声的扫帚下
啊！它们本来就是大地的一部分
你看，在我回眸的一瞬
阳台上的兰花有多么灿烂
妻子沉默不语，回到一棵蔬菜的青春
我的小女儿，脸比阳光洁净
上高中的女儿读着书，明天多么忧郁
就在我回眸的一瞬，屋内的花花草草
齐刷刷地凝视着阳台上阳光的走向

带 灯

这是秋天，寒风已抵达田家庄

尽管高粱、苦荞，和几颗秋子酸涩的果实

努力想留住岁月深处的一抹红晕

秋风已真实地抵达村庄

风吹着高处的落叶发出声响

像祖母积攒一生的絮叨

一些谷物颗粒归仓

一些鸟儿飞向远方

一些星星淡蓝色的光芒归于暗淡

一夜露水赤裸着寒意

一些亲人要归来

你看田家庄那个村口

那个执拗的孩子双手捂着一盏灯

生怕被大风吹灭

为亲人们照见回家的路

秋天的信笺

秋天，风声一阵紧过一阵
父亲沉默着脸，一言不发
妹妹采摘过红色的浆果
就像她短暂的青春
在田野里无迹可寻

屋后那片白桦林依然安详
阳光里露出洁净而清癯的脸
母亲一夏天采摘的菌类
炊烟里温暖着童年
最后的梦境

秋天来了，过去的日子
变得意味深长
一片叶子，一棵草，一条河流
都能清晰地记起
日子生动的声音

我在中秋夜，听着风吹过树梢
数着落叶的足迹
拿起笔给远方的亲人写信

忧郁和孤独的泪水
总把洁白的信笺一遍遍打湿

果　实

果实落地的时候
那些甜蜜的气息和声音
被孩子们收藏和分享

而秋叶在枝头
在夕阳里
品尝黄昏苦涩的味道

现在风吹来了，屋后的那棵
老杏树，老梨树
多像我们的母亲
依着村口悄悄拭泪

青 春

秋天来了，花朵们敛息了芳香
蝴蝶的翅翼不再斑斓
果实吐露出最后的秘密
我们的青春也有了各自的形态和味道
陪伴我们走过的亲人
生活在遥远的月光里
面容依旧清晰，声音是那么苍老
当我们回眸的一瞬
他们已消失得无影无踪

孤独的树

每年秋天，风要带走一些叶子
树就一天天显得孤独
而天空愈加空旷

那位耕作的农人，我的父亲安详而自信
他把阳光和雨滴收集在一起
叫作收成
每当秋天，大雁的翎羽
向南方带走温暖
一个站在树下
佝偻身影
两手空空

母亲，神性的光芒

记忆里，母亲忧郁的眼中
是村里一眼清澈的泉水
总被春风过后
老屋屋檐上最后的残雪照亮

母亲的生活，勤劳，平常
有太多的沉默和繁琐
她总惦记着
一把麦草，半截麻绳，一畦地垄
和一把墙上
挂着的生锈镰刀

母亲不是无神论者
遇到灾难，总去后山
山神庙里上香，许愿
母亲怀着虔诚的心灵
呵护着炊烟和平安

多少年过去了，面对母亲
我在无神的尘世里
目睹了神的光芒

父 亲

人到中年
最怕拐角处
蹒跚的脚步，踟蹰着
不愿离开
风吹落的泪滴
在风中支离破碎地奔跑
此刻，洮河也坚韧地流淌
一轮夕阳，不忍离去
想给一位老人，更多一点温暖

"三八"是一个优雅节日

你，我，他，父亲
朋友，亲爱的，母亲
尘世里永恒的亲人
我在人世，第一缕光，享受恩惠
我在襁褓，第一滴乳汁，母亲的光泽
记得这一切，牙牙学语，有母性光辉
记得忘记，尘世里积攒的污垢
请记住一名名士的雕塑，尊重
请守住一位女神的追求，优雅
岁月流水
断琴呜咽
与每一个童年回信
山谷回音，爱是母亲

母　亲

这么多年我不能亲自用双手

为母亲搭建一座向阳的屋子

她现在孤零零地躺在蒿草之间

任岁月荏苒

多年了母亲就像一枚落叶

走过春天、夏天和秋天

终将要回归阳光的哀伤和阴影

但那些脉络和温暖清晰可见

山谷的温暖比我博大比我更加忧伤

远方的洮河沉默地流过

天空氤氲着暧昧的气息

那些鸟雀逗留了一个温暖的夏天

又一只一只飞走了

十万只鸽子也代表不了我内心的和平

山下一片被收走果实的玉米秸秆

集体在山谷里婆娑

屋前屋后青春的瓜蔓独留下怅然

又一阵寒风从岁月深处吹来

有几个黑点在路上行走

有些凄婉，黯然不语
我头顶上的霜毫无征兆地又落了一层

中秋的月亮

月亮的酒杯，镶着银色的边儿
思念和记忆盛放着琥珀的光芒
一杯酒仗剑
一杯酒和着琵琶的琴韵
从唐宋的柳梢间一路走来
史书里微醺的章节
埋藏过将进酒的豪放
也显影举杯邀过明月的苍凉

一杯酒浇奠在母亲的坟冢
一杯酒端给远在异乡兄弟的路途
一杯酒和着诗歌和桂花的清香
一杯酒转瞬想化作风花雪月
一杯酒和着往事的豪放和婉约
咽下一个人千年的痛楚、惆怅

劳作的亲人

白杨树栖息在自己的阴影里
那一洼湖水被芦苇占据
现在午后的阳光
已让遭遇的汗水无处逃遁

她们也有桃花般的青春
现在越过关山，越过乌鞘岭，越过祁连
抵达新疆，在百里番茄、千里棉田里栖身
粉红色的头巾下我看不见她们的脸

有一处祖国的版图叫西部
有一种征程叫背井离乡
有一种伟大叫奉献和磨难
有一样疼痛是今夜劳作的甘肃

母亲的花园

农村的童年，谁没有这样温馨、生动的生活场景，每次回忆，都让人泪流满面。

——题记

再也没有比这些韭菜更碧绿的菜畦了
它们现在就握在母亲粗糙的手掌上
过一会儿，母亲将精心择取韭菜根茎上的泥土、腐叶
用清澈的泉水洗掉染尘的露珠
在灶膛里和着去年干净麦草的炊烟
把简单日子的馨香和盘托出

有什么比母亲春天的心底满足更值得留恋?
那些豆角苗刚刚探出地面，还有些稚嫩
它们还不会在搭起的支架上疯长
菠菜密密麻麻珍贵地绿着
它们的青春何其短暂
那些脆生生的萝卜、芫荽、蒜薹、番瓜
就是母亲全部的春天
总围着太阳生长的葵花
在母亲的心里都会温暖地成长

最早发芽的一排排青葱

总先结满白花花的籽粒

刺梅花和三色堇在微风里不动声色

梨花的香气洁白、飘渺、氤氲

像春天花朵的呼吸一点一滴散去

属于母亲花园的不是梅兰松菊

那些蔬菜绿了、黄了，花朵开了、谢了

母亲总是不动声色，躬身平凡而庄严地劳作

童年我看见母亲勒着碎花的围裙在花园忙碌

多少年过去了，她总在熟悉的花园

精心预算着霜期

可每到秋风过后

择菜的母亲头顶像覆盖了一层薄霜

身子总像矮下去了一些

剥玉米

坐在秋日的阳光里
在我熟悉的院落
剥着金黄色的玉米
我与母亲
面对面坐着
母亲一言不发
我抽了支烟
看着夕阳从树梢掠过
一只乌鸦安静地站在杨树枝头
整整一个下午
我与母亲沉默地剥着玉米
一粒一粒的玉米
闪烁着金色的光芒
尽管母亲一言不发
但面对这些带着阳光和体温的
金黄的种子离别的疼痛
我又说什么好呢

岳父，您在天国我们思念着您

岳父，这些清凉的液体
一滴一滴流进您
日渐衰弱的身体
一瓶又一瓶地流啊！
但您一直
不说一句话

这些天，在病房里
静得能听见雪落下的声音
您的头发上的雪
落了一层又一层
您的咳嗽那样剧烈
像金属破碎的裂痛

您曾经温暖而有力的大手
现在一动不动
这样冰凉
没有一丝力气
您曾经多么慈祥的目光
再也不愿扫视我们一眼

整整三天，您就这样沉默着

这些冰凉的液体
苦涩的药片，各类仪器
对六十四年的岁月
种植在您体内的寒霜
无可奈何

岳父，今夜您的爱真的累了吗？
您的身体就像高原的雪花
在十二月的寒风里
一瓣一瓣地飘走
留给亲人们
夜色无尽的寒冷

回想岳父这辈子
有多少只蚂蚁
日夜搬运着
您内心的
光明和麦垛

有多少把钝刀
马不停蹄地
砍伐着
您的骨头和良心

您像磨沟村里
那头俯首耕耘的牛
总把走过的路
静静地反刍

您一生行走在

苍凉的路上
无论雪和霜
总掩盖不了
那若隐若现的清白

写给父亲

父亲终究要离开我们
带着您所有经历过的欣喜、痛苦和忧伤
窗外的树叶窸窸窣窣落下
落霜的大地瞬间变得一片金黄

我一直以为您不喜欢欢乐这个词语
就像您深沉的性格讨厌浮躁和浅薄、虚荣
我在您面前一直隐藏我内心潜伏的各种野兽
我看上去谦逊，稳重，忧伤
像一位诗人优雅地活着
一切就像一枚硬币的正反两面
熟知的部分往往隐藏着阴影

今天我与父亲坐在去渭源老家的车上
您快乐得像个孩子，对故乡的江山指指点点
回忆童年，和那些老去的人
而我却一言不发
戴着面具的脸上，把沧桑埋在心底
连笑容也夸张得
像卡通片中的谦谦君子

父亲，我爱您，爱您见证过的忧郁和悲伤

我爱着您多年的愤懑、不平，疾恶如仇
也爱您年老时的欢乐和健忘
我爱您的一切，就像您爱着我的童年、哭泣、恶作剧
我永远爱您，这些年脾气乖戾的父亲
您的衰老，就像这满山的沟壑布满伤痕
对您的思念就是我一生不可言说的隐痛

记忆里的一盏灯

一束微弱的光芒，温暖、湿润
它可以抵达黑暗的内心
祖母的唠叨渐渐平息。她轻微的鼾声
光晕般向四周飘散
不知什么时候，她整个人会离开我们
走向无边无尽的黑暗

母亲默不作声，她的双手沾满了蚕豆的香味
熟透了的豆荚在她手上噼啪作响
那些饱满而洁白的豆子
甚至有几分欢快
青涩的蚕豆一样的姐姐，春天出嫁了
我知道今夜，母亲的心在微微战栗

多少年了，炕桌上的那盏灯明亮如初
我和弟弟完成的作业，字迹潦草而马虎
我们在灯下幸福地读着父亲的来信
母亲在温暖里计算着一年的收成
灯被母亲轻轻吹灭，光明归还给了黑暗
我们像游在水中的鱼格外恬静

多少年后，我们相继离开了家

离开了那盏并不明亮的油灯的温暖
在明亮、耀眼的灯光里奔波
内心却被黑暗的冰凉和孤独包围
就像多年前母亲剥着豆荚
每剥一次，就被离别的疼痛灼伤

回乡书

阳光多么温暖又多么深刻
它这么多年守护着田庄
照耀着谷物生长
那些疲惫的牛
徒劳地劳动已长眠山坡
那些收割过的麦茬
独自承接着寒霜
那些熟悉的身影
一天天佝偻
仿佛生命连接着空洞的病句

鸟儿翙翙的飞翔划过童年
杏花、梨花、槐花
在微雨的清晨出嫁远方
这么些年她们像集体的病痛一样
种植乡村的体内
大丽花、菊花也在霜白的夜里枯萎
还有不变的，袅袅的炊烟飘向夜色
就像父亲的烟斗闪烁着哀愁

那条河也变得沉默
霸陵桥横亘着一轮孤独

儿时月光的倒影
就像香艳的女子
身影显得模糊而暧昧
出村的那条小道隐于夜色
我像一个梦游者
在回乡的道路上
被一条思乡的绳索牢牢牵引

故　园

故园里有童年
走失的星辰
一只、又一只萤火虫亮着
祖母和猫一起瞌睡
昏暗的灯光打盹

麦草垛簇拥着，温暖了场院
杏、李、梨和苹果树
微笑着，花椒树也收起了锋芒
接踵迎来爱情，分娩
柿子树提着灯笼
查看蟋蟀们复习功课

父亲在远方的单身宿舍写信
母亲在土地里
写下青春的墓志铭
一半月光，滑过故园的树梢、屋檐
一只蜘蛛结网，细腻，一丝不苟
昏暗的墙角
生长出晶莹的露珠
天明挂起一道道彩虹

腊月词

日子一路小跑
冬至，小寒，大寒哈出的热气
在田野上积雪
在树梢上结凌
在窗户的玻璃上
结出鸟雀、人、兽、麦穗和吉祥

大红的灯笼挂满街巷
大红的对联贴上门楣
五谷又一次在灶台上
交谈收成和香气
母亲蒸、煮、煎炸新年的馈赠

一声爆竹响起
一阵锣鼓合鸣
父亲为逝去的先人们
准备好祭奠的香烛、纸钱
然后在村头的老树下
看着夕阳
又一次把影子拉黑

父亲的手

想拉住您的手
去甘南洮河的班车
义无反顾扬起一阵灰尘

童年，是我哭泣的影子
我放学回家，放下书包
您在炕上坐着
看见您，我有羞怯的模样

父亲，今天我拉着
您的手，血管凸起
沧桑流淌
皲裂的皮肤，粗糙，苍白
有金属的质感

父亲，面对春天的蓬勃
我有着种子
对土地深深的眷恋，愧疚

善 意

请珍惜这春日美媚的阳光
父亲剪刀锋利
修剪花圃
母亲面对鸡雏和菜畦
融融的暖意

让我们去南山
先种一亩青稞，半亩稻子
也要种半亩菊
在渠边栽柳
和心中的诗神对话

有心和每个人握手，寒暄
和自己内心洁癖
做做抗争
打开微信，愿点赞您的生活
也愿体验您的微商艰辛
也愿募捐垂危的病人

春光这么好
春风，春雨，桃花，
子女的青春

这么好
阳光明媚
就构成了这么庞大的春天

中年书

1

路过田野，微雨中的草们
安静，从容
看着我，残酒后吼过一阵歌
然后黯淡不语
草们清新的面孔潮湿，仿佛
在说："趁年轻，我们还要生长得
再高一些。"

2

我们想飞，可身体里的羽毛
总负重不了
内心深处，沉重的铁

我们拥抱过的阳光，也照亮
不了，黑夜里
蛰伏在身体里

锈蚀斑斑的角落

3

钟声划过天空
比鸽哨更轻盈

那个怀揣信仰的人
一生走过陌生的尘世

4

生活是置身于
一个又一个驿站
你所居住的旅馆
别人陈旧的气息，挥之不去
转瞬你又成为别人

像遇见好看的小姑腼腆、文静，豆蔻年华
但红颜易老，过着冗长俗不可耐的日子

但我们必须路过
我们食人间烟火，不必
经历爱情
我们途经没有命名的驿站
用生命淬火，用诗歌纪年
这样，我们像人一样老去

5

电话、QQ、微信、漂流瓶
我来到熟悉的朋友中间
仿佛置身巨大的荒原

友谊需要谎言的滋养
爱情遥远
已是背叛的资源

我来到中年，来到
同学、师长、朋友们中间
我是谁，一切已面目全非

第四辑

警营记忆

从警词

夜晚守望星星

黎明寒霜凛冽

长夜里一笔一画，询问

还原人生活冷暖，美丑

一丝一毫，勘验

提取人世罪恶，救赎

目睹孩子无邪、懵懂的眼神

不经意间阅读赴死者，眼角一滴清泪

二十五载，警营的阳光里有阴影和凹陷地带的哀伤

有一颗被风剥蚀，依然倔强的背影

未完成的梦想
——献给一位战友

一捧衰草，半截残碑
现在安详地接受风雨、夕阳的抚摸

疼痛的时候，我会在一帧
发黄的老照片里，寻找岁月的痕迹

那时你嘴角微微上扬，笑容浅浅
那时，橄榄绿的警服，依旧威严

那时你的两鬓，尚无白发
那时双亲，脚步健康地奔波在，生活的田垄

一切远去了，面对铮亮的刀刃
你清澈的目光，永恒地定格在二十四岁的清晨

现在阳光温暖，一捧衰草，像灿烂的梦想
在半截墓碑前，又在怀念的春风里复活

少年殇

他藏在值班室沙发的一角
眼神向四处游弋
像藤一样
想抓住每一位警察的内心

说说盗窃的经过、同伙、作案过程
他的目光仍然像藤一样
向四周蔓延

流水曲

三月，流水已打听到
桃花的音讯
清澈的流水，永远不会生锈
几只小鱼，欢快地
摆动春天的尾鳍

田野上吹过欢快的风，大地
要举行一场音乐会
先是百灵鸟独唱，后是昆虫合鸣
接着燕子也从南方归来
双翼打着节拍

屋前的白杨树，翻着白眼
柳树婀娜
你看那几只麻雀，一整天
叽叽喳喳
又说着张家长，李家短

抚摸疼痛的大地

七十年前的老人应该如何哀悼
七十年前的荣光，一位老战士应如何缅怀
七十年前，凋零的河山衣衫褴褛
七十年前，三千七百万鲜活的生命
用鲜血铸就带有血痂的盾牌

不说喜峰口敌人铁蹄的肆虐
不说那一夜卢沟桥哭泣的月光
不说雁门关的无语啜泣
不说台儿庄浴血奋战的悲壮
不说罗店，四行仓库字字泣血的告白

南京，地下三十万亡灵何曾瞑目
枪刺，刀劈，活埋，火烧，奸淫
生命在炼狱里受尽屈辱和折磨
"三光"政策，"焦土政策"，细菌战
这是侵略者疯狂屠戮的土地

这是相继沦陷的江阴、郑州、徐州
这是被仇恨和悲痛浸泡的兰封、桂林、腾冲
这是用血性呐喊的富金山、捞刀河
这里是战士用血肉之躯胜利的积累

这里是BAIBX步枪、轻重机枪吐着疯狂的蛇信
这里是大刀长矛积攒的一腔怒火
这里是敌人重型坦克、飞机、军舰、航空母舰疯狂的吞噬
这里是布衣草鞋和中华儿女同仇敌忾的正义

这里也倒下去许多英雄的名字
张自忠、左权、戴安澜……
他们竖起教科书中不屈的典范
这里也扬起第五军，十九路军
八路军不朽的军魂

七十年前，人们奔走相告胜利的消息
这里民族和谐
幸福在中华的历史里弥足珍贵
这里中华的声音
在每一个人胸中磅礴

七十年后的今天，祖国阳光灿烂，梦想辽阔
我抚摸着七十年前
战争带来的疼痛、血腥、悲壮、荣光
当我面对篡改的教科书，和对杀人机器的膜拜
当我面对种种以怨报德的背叛
我要拾起七十前战争记忆的碎片

七十年后的今天
我要坚定地告诉我们的孩子
从灾难中走出来的民族
必须用鲜血打造一面旗帜
高高地飘扬在祖国湛蓝的天空

村庄里的国度
——致奋战在"一标三实"一线的基层民警

把一座房与另一座房
在地图上连起来
把一个人和另一个人
把一个男人，女人，孩子，老人
连在一起就是一个温暖的家

把一座门楣和另一座门楣
把树木和道路
山川和河流连在一起
就是一座村庄，一座温暖的家园

把张家，李家，王家，百姓家
和血脉故事和生活连在一起
就是你，是我，是他
就是烟火里
平安护佑的祖国

检 查

年关，日子像钞票一样

越来越紧

越来越经不起折腾

我根据指示

陪上级检查

在派出所，民警们列队欢迎，敬礼

我站在前排

一群鸽子飞过天空

看着民警们黝黑的脸

我像一个犯错的孩子

满脸通红

群 众

这些脸像黄土或黑土的人
脚步很轻
战战兢兢
弓着腰的人
这些来派出所
取一枚身份证
或为了雪壕水路
鸡毛蒜皮的琐事
跟邻居打架的人
这些寻找走失了亲人的人
这些教科书里
我们称为衣食父母的人
看着这些来派出所
如履薄冰的人
我不由一阵阵感到沉重和心酸
什么时候
他们的腰能挺得直一些

群山辞

——近日下乡，开展"花儿"节安保工作

群山起伏，一人置身群山中间
是被抛弃，或被怀抱
是孤独的幸福
你看白云，也沉重，且寂寞
它有十万匹马的雄心
也有一匹母马的慈祥
盛夏，掀开热浪，冶力关
白石山，莲花山，花崖山，将军山
横亘兀立，为人间花庐撑起清凉的大伞

仙境八角

给远方寄去
白云一钱，清风三钱，清幽、野菊几许
可疗伤城市暗疾
兰州南站乘车，逃遁失败的理想
来冶力关洗肺，清目，养心
这里有白石山坚硬的骨骼，冶海清澈的内心
这里有清风，白云，十里花谷，溪水，情歌
孕育青春，爱情
拥有万亩葵花，朵朵金黄，拥有心中的太阳

春天曲

风义无反顾
从南至北，从高处到低洼
从黑夜到白天，从不吝啬
努力唤醒冬眠的万物

九甸峡的一汪碧水最先醒来
后山坡的积雪
一点点消失
云的影子疏朗
一簇王旗派出所的竹子
挥毫泼墨
一半警营辛劳奔波
一半民间欢歌

大岭山雉鸡、马鸡出没
去年沙棘鲜红的浆果
染红了它们的羽毛
羊沙下河的土地酥软
农人和耕牛心照不宣
一笔一画写下饱满的春天

词语的火焰

在词语里生活的人
生活在幸福的国度里
例如春天
旗帜下的游鱼，野鸭，垂柳，花花草草
例如土地
和它繁衍的近义词，父亲，耕耘，刈割，疼痛，收成
还有祖国
和她护佑的平安，繁荣，梦想，亲人
我们生活在平凡的词语里，浑然不觉
我们置身词语的幸福，有爱和热血
火焰熊熊

走在汶川的路上

连最简单的行装也来不及收拾
三年前这是他们最远的一次出行
许多熟悉的人，一次潦草的出发
没有终点。还不及一片树叶
就像风一样飘逝……

昔日的阳光依旧温暖着道路
家园、河流、屋舍、粮食和蔬菜
明天依旧微笑面对劳作的亲人
这么多逝者像泗水的白菊
不再雄心勃勃，不再奔波
一次偶遇就选择了沉默、墓碑
青草、群山和高贵

尽管过去的履历像风
死亡像失语的词句覆盖过大地
但风也有方向，一朵涟漪
就像一朵无名的花
绚烂着生命的尊严、芬芳
人生总是在不经意间
把思念编制成花环
安放在义无反顾的身边

每一次走在路上
走过汶川大地
想象阳光曾经照耀过的温暖
而熟悉的人已渐行渐远
我知道岁月终究要走出死亡的阴影
有那么多眼睛仍在泪水里寻找他们
不曾模糊和衰老的容颜

剑之歌
——致奋战在扫黑除恶一线的人民警察

努力要在亮色里

甄别一些黑

在黑夜里，过滤一些杂质

在文字里抽丝剥茧

推敲动机，轨迹，罪与非罪

在脚步里寻找蛛丝和马迹

如果大地是一方砚台

我们无法在洁白的纸上，挥毫泼墨

草就灵动和飘逸

我们无法在坚硬的石碑上

刻下豪言和春秋

我们无法像大师们

在曲水流觞的竹林里

写下友谊和生活的兰亭

我们只把方正的楷体写进履历

红，警灯闪烁

快，利剑出鞘

忧，雾霾迷茫

喜，使命完成

悲，战友隐疾
泣，亲人离去

我们在黑夜里不迷茫
我们在邪恶面前不低头
我们在人群之中不卑微
我们在红尘中不逐流
我们知道天空
胸怀的公平和正义

利剑出鞘，恶魔遁迹
铲除和谐社会的毒瘤
还天空晴朗，还山水明媚
还春天鲜花盛开，山川宁静
还四季平安
我们耕耘的肩头
却担不住柔弱者的泪水
和亲人两鬓暗藏的雪花

回首警营

现在你就像一位农人
穿过金黄的麦地
享受夕阳的余晖带来的温暖

有风吹过你的衣襟
有一些杂草还有一些锋利的光芒
有一些苍茫和空旷还在记忆里浮现

你擦拭一面面镜子
镜子里呈献荣誉的阴影，欢乐背后的忧伤
你轻轻揉着两鬓的白雪和青春

再一次走进熟悉的警营
面对徽章，旗帜，歌声，鲜花
你却像一个眼里噙着泪花的孩子

祝福词

我每天满怀热情，看着
阳光抚摸柳树，松林，白杨，荆棘
树和草，轻轻地抖灰尘，薄霜
钟声骤然响彻
鸽翅闪着光，她柔软的翅膀
最好抚摸和打扫蓝天
风吹动飞檐下清澈的铜铃
鸽哨嘹亮

我爱着明亮，灯光，生活的场景
我爱着苍茫，空旷，祖国的版图
我自誉书香剑气，渴望垂问
仗剑长啸"谁有不平事"
吟诗，品茗，操守剑胆琴心
我呵护笑靥，长发，裙裾，耕读

每天，我爱这纷杂的叫卖，喧嚣的街市
我爱这书香、墨香、酒香陶醉的庭院
我爱着目光清澈，露珠晶莹
蝴蝶翩翩，果实累累
丰满而金色的祖国

图书在版编目（CIP）数据

甘南诗经／葛峡峰著. -- 北京：作家出版社，2019.12
ISBN 978-7-5212-0778-1

Ⅰ．①甘…　Ⅱ．①葛…　Ⅲ．①诗集－中国－当代 Ⅳ.
①I227

中国版本图书馆CIP数据核字（2019）第261877号

甘南诗经

作　　者：葛峡峰
责任编辑：李宏伟　秦　悦
装帧设计：薛　怡
出版发行：作家出版社有限公司
社　　址：北京农展馆南里10号　　邮　　编：100125
电话传真：86-10-65067186（发行中心及邮购部）
　　　　　86-10-65004079（总编室）
E-mail:zuojia@zuojia.net.cn
http://www.zuojiachubanshe.com
印　　刷：三河市兴博印务有限公司
成品尺寸：152×230
字　　数：159千
印　　张：16
版　　次：2020年1月第1版
印　　次：2020年1月第1次印刷
ISBN　978-7-5212-0778-1
定　　价：54.00元